문학과지성 시인선 375

상처적 체질

류근 시집

문학과지성사

문학과지성사에서 펴낸 류근의 시집

어떻게든 이별(2016)

문학과지성 시인선 375
상처적 체질

초판 1쇄 발행 2010년 4월 8일
초판 21쇄 발행 2024년 11월 22일

지 은 이 류근
펴 낸 이 이광호
펴 낸 곳 ㈜문학과지성사
등록번호 제1993-000098호
주   소 04034 서울 마포구 잔다리로7길 18(서교동 377-20)
전   화 02)338-7224
팩   스 02)323-4180(편집)   02)338-7221(영업)
전자우편 moonji@moonji.com
홈페이지 www.moonji.com

ⓒ 류근, 2010. Printed in Seoul, Korea

ISBN 978-89-320-2050-1 03810

문학과지성 시인선 375

상처적 체질

류근

2010

시인의 말

진정한 지옥은 내가 이 별에 왔는데
약속한 사람이 끝내 오지 않는 것이다.
사랑한다고,
그립다고 말할 수 있는 사람이 존재하지 않는 것이다.

2010년 4월
감성마을 慕月堂에서
류근

상처적 체질

차례

시인의 말

제1부

제1부

달나라

보채다 돌아누워
결국 혼자 수음하는 여자 곁에서
달을 바라봤다
달나라
국경도 전쟁도 없이
달 하나의 이름으로 빛나는
저 유구한 통일국가
속살만 남아서
시인도 술꾼도 소녀도 여우도
관음의 실눈을 뜨게 하는
위대한 포르노그래피

여자와 나 사이에
달빛이 분단의 그림자를 포갠다
모두 환하다

獨酌

헤어질 때 다시 만날 것을 믿는 사람은
진실로 사랑한 사람이 아니다
헤어질 때 다시 만날 것을 기약하는 사람은
진실로 작별과 작별한 사람이 아니다

진실로 사랑한 사람과 작별할 때에는
가서 다시는 돌아오지 말라고
이승과 내생을 다 깨워서
불러도 돌아보지 않을 사랑을 살아가라고
눈 감고 독하게 버림받는 것이다
단숨에 결별을 이룩해주는 것이다

그러므로 사람아
다시는 내 목숨 안에 돌아오지 말아라
혼자 피는 꽃이
온 나무를 다 불지르고 운다

빈숲

가을엔 그 숲에 가지 못했다 낮은 십자가와 여자들만 사는 집, 그리고 몇 그루 꽃나무들이 일으키는 삼각의 숲 내가 자주 생각에 잠겨 있던 숲은 봄과 이른 여름의 것이었다 마침 한 여자와 결별했으므로 그 이후의 계절이 거기 다녀갔는지 알 수 없다 멈춰 있는 것은 조금 아프거나 편안한 기억들뿐 구름조차 세상에 온 것들은 잠자코 멈춰 있지 못한다

그 숲의 가을에 가지 못했다 멈춰지지 않는 상처로만 명멸을 거듭하는 숲, 봄과 이른 여름에만 존재해서 더 이상 결별이 이룩되지 않는 숲, 그리고 이제는 불타는 여자가 오지 않는 숲

법칙

물방울 하나가 죽어서
허공에 흩어진다
물방울 하나가 죽어서
구름에 매달린다
물방울 하나가 죽어서
빗방울 하나로 몸을 바꾼다

빗방울 하나가 살아서
허공에 흩어진다
빗방울 하나가 살아서
잎사귀에 매달린다
빗방울 하나가 살아서
물방울 하나로 몸을 바꾼다

모였다 흩어지고
흩어졌다 모인다
사는 것도 죽는 것도
한 몸

우주 안에서

도망갈 데가 없다

벌레처럼 울다

벌레들은 죽어서도 썩지 않는다
우는 것으로 생애를 다 살아버리는 벌레들은
몸 안의 모든 강들을 데려다 운다
그 강물 다 마르고 나면 비로소
썩어도 썩을 것 없는 바람과 몸을 바꾼다

나는 썩지 않기 위해 슬퍼하는 것이 아니다
살아서 남김없이 썩기 위해 슬퍼하는 것이다

풍금을 만나면 노래처럼 울고
꽃나무를 만나면 봄날처럼 울고
사랑을 만나면 젊은 오르페우스처럼
죽음까지 흘러가 우는 것이다
울어서 생애의 모든 강물 비우는 것이다

벌레처럼 울자 벌레처럼
울어서 마침내 화석이 되는 슬픔으로
물에 잠긴 한세상을 다 건너자

더듬이 하나로 등불을 달고
어두워지는 강가에 선 내 등뼈에 흰 날개 돋는다

그리운 우체국

옛사랑 여기서 얼마나 먼지
술에 취하면 나는 문득 우체국 불빛이 그리워지고
선량한 등불에 기대어 엽서 한 장 쓰고 싶으다
내게로 왔던 모든 이별들 위에
깨끗한 우표 한 장 붙여주고 싶으다
지금은 내 오랜 신열의 손금 위에도
꽃이 피고 바람이 부는 시절
낮은 지붕들 위로 별이 지나고
길에서 늙는 나무들은 우편배달부처럼
다시 못 만날 구름들을 향해 잎사귀를 흔든다
흔들릴 때 스스로를 흔드는 것들은
비로소 얼마나 따사로운 틈새를 만드는가
아무도 눈치채지 못하는 이별이 너무 흔해서
살아갈수록 내 가슴엔 강물이 깊어지고
돌아가야 할 시간은 철길 건너 세상의 변방에서
안개의 입자들처럼 몸을 허문다 옛사랑
추억 쪽에서 불어오는 노래의 흐린 풍경들 사이로
취한 내 눈시울조차 무게를 허문다 아아,

이제 그리운 것들은 모두 해가 지는 곳 어디쯤에서
그리운 제 별자리를 매달아두었으리라
차마 입술을 떠나지 못한 이름 하나 눈물겨워서
술에 취하면 나는 다시 우체국 불빛이 그리워지고
거기 서럽지 않은 등불에 기대어
엽서 한 장 사소하게 쓰고 싶으다
내게로 왔던 모든 이별들 위에
깨끗한 안부 한 잎 부쳐주고 싶으다

바다로 가는 진흙소

1

눈은 내리면서 덕숭산 골짜기에
짐짓 인과의 푸른 씨앗들을 쌓는다
새들과 흰 꽃의 부리마다
북소리로 갈라져 둥둥둥 내부를 이룩하는
수만 저,
수만 송이의 첫 하늘

얼만큼 버리고
버리는 일로 무거워져야
봄풀 같은 귀 한 잎 피울 수 있을 것인가
문득 길 잃은 찻잎들이 몸을 흔들 때
스스로 숨 쉬는 봉우리들이
삼생의 의혹 속에서 살을 빛낸다

2

산으로 오는 길은 산 안에서 그치고

집으로 가는 길은 언제나
집 앞에서 끊어지네
그러나 길 끝에서 부르면
삼천대천세계의 저쪽에서
일제히 길을 열고 응답하는 길 밖의 길들
나 황금의 채찍 같은
고통에라도 한숨 눈 붙였으면

홀연 눈썹 끝의 하늘에 큰불 내린다 저런,
도처에 무너지는 나무들 소리
싱싱한 뿔을 부딪치며 달려가는
어느 깊은 우주의 큰 발굽 소리

　　3
벽을 열고 벽 속으로
길을 열어라
아흔아홉 번을 되돌아

태워버린 마음의 뿔 끝
지상의 어느 한 자국인들

길 아닌 곳 있을 것가 스스로 짓고
스스로 범한 뒤에 울던 그 경계 밖에서
큰 소리로 울어 더 큰 강물을 가리키던
서천의 별빛 하나 이마를 치네

何何, 온 곳도 가는 곳도 없이
마음 따라 불어가는 바람은 누구?

　　4
하나의 빛살이
달려오네
안팎을 버린 물방울 속에서
한 바다가 열리네
명랑한 어둠과 물병 같은 시간들이

아낌없이 편재하는 억만 겁 채찍 끝의 빛
저 빛,
황금의 갈기를 펄럭이며
어떤 근원을 향해 너는 달려가느뇨

폭설

그대 떠난 길 지워지라고
눈이 내린다
그대 돌아올 길 아주 지워져버리라고
온밤 내 욕설처럼 눈이 내린다

온 길도 간 길도 없이
깊은 눈발 속으로 지워진 사람
떠돌다 온 발자국마다 하얗게 피가 맺혀서
이제는 기억조차 먼 빛으로 발이 묶인다
내게로 오는 모든 길이 문을 닫는다

귀를 막으면 종소리 같은
결별의 예감 한 잎
살아서 바라보지 못할 푸른 눈시울
살아서 지은 무덤 위에
내 이름 위에
아니 아니, 아프게 눈이 내린다
참았던 뉘우침처럼 눈이 내린다

그대 떠난 길 지워지라고
눈이 내린다
그대 돌아올 길 아주 지워져버리라고
사나흘 눈 감고 젖은 눈이 내린다

무늬

그대를 사랑할 때 내 안에 피어 나부끼던 안개의 꽃밭을 기억합니다 세상에 와서 배운 말씀으로는 이 파리 하나 어루만질 수 없었던 안타까움으로 나 그대를 그리워하였습니다 나무들이 저희의 언어로 잎사귀마다 둥글고 순한 입술을 반짝일 때 내 가슴엔 아직 채 이름 짓지 못한 강물이 그대 존재의 언저리를 향해 흘러갔습니다 마침내 나는 그대 빛나는 언저리에 이르러 뿌리가 되고 꽃말이 되고 싶었습니다

꽃밭의 향기와 강물의 깊이를 넘어 밤이 오고 안개를 적신 새벽이 지나갔습니다 내 그리움은 소리를 잃은 악기처럼 속절없는 것이었으나 지상의 어떤 빛과 기쁨으로도 깨울 수 없는 노래의 무늬 안에 꿈꾸고 있었습니다 시간이 썩어 이룩하는 무늬, 이 세상 모든 날개 가진 목숨들의 무늬, 그 아프고 투명한 무늬를 나는 기뻐하였습니다 그대를 사랑할 때 비로소 나는 기쁨의 사람으로 피어 오래도록 반짝일 수 있었습니다

봄날이어도 좋았고 어느 가난한 가을날이어도 좋았습니다 그대 더 이상 내 사랑 아니었을 때 내 꽃밭은 저물고 노래의 강물 또한 거기쯤에서 그쳤습니다 문득 아무런 뜻도 아닌 목숨 하나 내 것으로 남아서 세상의 모든 저문 소리를 견디었습니다 사랑한다는 것은 마지막 한 방울의 절망조차 비워내는 일이었으므로 내겐 내 순결한 슬픔을 묻어줄 어떠한 언어도 남아 있지 않았습니다 눈물마저 슬픔의 언어가 될 수 없다는 사실을 나는 너무 늦게서야 깨달아버린 것이었습니다

날마다 바람이 불고 계절이 바뀌었습니다 그대를 사랑할 때 내 안에 피어 나부끼던 안개의 꽃밭을 나 너무 오래도록 기억합니다 내 목숨에 흘러가 있는 기억의 저 아득한 무늬 위에 이제는 그대를 놓아주고 싶습니다 그리고도 남은 목숨이 있거든 이쯤에서 나도, 그치고 싶습니다 스스로 소리를 버리는 악기처럼 고요하고 투명한, 무늬가 되고 싶습니다

어떤 흐린 가을비

이제 내 슬픔은 삼류다
흐린 비 온다
자주 먼 별을 찾아 떠돌던
내 노래 세상에 없다
한때 잘못 든 길이 있었을 뿐

붉은 간판 아래로
총천연색 시네마스코프 같은 추억이
지나간다 이마를 가린 나무들
몸매를 다 드러내며 젖고
늙은 여인은 술병을 내려놓는다

바라보는 순간
비로소 슬픔의 자세를 보여주는
나무들에게 들키고 싶지 않아서
고개를 숙이고 술을 마신다
모든 슬픔은 함부로 눈이 마주치는 순간
삼류가 된다

가을이 너무 긴 나라
여기선 꽃 피는 일조차 고단하고
저물어 눕고 싶을 땐 꼭 누군가에게
허락을 받아야 할 것 같다
잎사귀를 허물면서 나는
오래전에 죽은 별자리들의 안부를 생각한다

흐린 비 온다
젖은 불빛들이 길을 나선다
아무도 듣지 않는 내 노래 술집 쪽으로 가고
추억 쪽에서만 비로소 따뜻해지는
내 슬픈 잎사귀 또 비에 젖는다

내 이름의 꽃말

내 아직도 기억한다 봄과 가을에 정든 꽃말들
숲으로 가면 오래 썩은 풀뿌리 하나 그윽이 일어서고
더듬이 잘린 하늘소 따라 또 하루 길 잃고 서성일
적에
비 오는 날들과 파릇한 돌멩이들 사이에서
죽은 누이의 손가락 한끝이 가리키던 몽롱한 하늘
살아남을수록 나는 상처의 베옷 속으로 몸을 굽히
고 시간은
허락도 없이 내 삶의 모든 자세를 가르쳤다 그러나
돌아보면
돌이킬 수 없는 회한의 입자들로 쌓여져 있을 뿐
누군들
그렇지 않을까 아주 베어 넘길 수 없는 나무 한 그루
가슴에 힘주어 심어두고 사는 까닭을 내 환히 알
수 없지만
그러나 가끔은 알 것도 같다 기억 안의 그 무엇이
일용할 양식과 거룩한 한 나라로 마침내
두려움도 없이 이마 위에 꽃피게 되는가를 오오,

한 줌의 따뜻한 씨앗이거나 한 다발의
튼튼한 별자리로 오래도록 흐르게 되는가를

즐거워라 마음 따라 바람의 이웃으로 불리어 가며
생채기 푸른 계곡 깊이깊이 흘러가면 거기 모과나무
언덕 위에 알몸으로 달려 나와 놀아주던
구름과 당나귀와 마음씨 곱던 송사리들
이제는 엿으로도 바뀌지 않는 논강리 고추밭
고랑마다 폐비닐 조각들이 아침 거른 운동회 날
즐거운 만국기처럼 펄럭인다
펄럭인다 선생님은 언제나 치마만 입는데도
종아리에 때가 끼지 않고 다만 육성회비 누런 봉투에
몇 달째 도장이 찍히지 않는다 선생님은 왜
갑자기 흰곰팡이 핀 장아찌처럼 시들어진 어머니가
보고 싶어지신 것일까 나는 언제나 일등만 하는데도
모르는 게 이렇게도 많을까 도대체 몇 밤을 더 자
고 나야
아버지 오는 길 볼 수 있을까 나는 달리기가

싫었다 나도 너처럼 고기 수프만 매일 먹을 수 있다면

너 따윈 충분히 꺾을 수 있어. 그 이후로

슈바이처 박사는 평생 고기 수프를 먹지 않았습니다. 젠장

시래기죽이라도 매일 먹을 수만 있다면 비석골 지나

도라지꽃이라도 꺾으러 갈 수 있을 텐데 진실로

진실로 또다시 꼴찌로 달리기란 굶기보다 싫었지만 눈 감으면

쓰르라미 우는 소리가 일요일마다 착하고 어린 양으로 돌아가

참회 기도 한 번으로 남은 밀떡 모아 주던

목사관 괘종 소리보다 쟁쟁하게 잠 끝까지 밀려왔다

즐거워라 산 하나를 불 지르고 늦봄에 개철쭉보다 붉었던 누이와

꽃 꺾어 만들어준 누렁이 무덤 위에 누우면

반짝이는 가방을 들고 마을로 찾아드는

다 저문 사내 하나 네 이름이 뭐지?

뭐지? 내 헛간 같은 기억의 사진첩 안에 처음 꽂히는

오, 최초의 아버지

그리고 또 나는 분명히 기억한다 내가
허물고 나를 허물었던 숱한 벽들과
되돌아볼 때마다 소금 기둥으로 굳어버리던 발자국
들 한 번도
이 지상에 꽃핀 적 없던 예언의 말씀들 위에
자주 쓰러져 발 묶여 울 때마다 꽃다지처럼
피어오르던 순은의 종소리를
무엇과도 바뀌지 않는 날들의 책갈피 안에
깊게 뿌리를 내리고 흘러가는 내 이름의
그 오랜 꽃말들을

첫사랑

그대를 처음 보았을 때
내 삶은 방금 첫 꽃송이를 터뜨린
목련나무 같은 것이었다
아무렇게나 벗어놓아도 음악이 되는
황금의 시냇물 같은 것이었다

푸른 나비처럼 겁먹고
은사시나무 잎사귀 사이에 눈을 파묻었을 때
내 안에 이미 당도해 있는
새벽안개 같은 음성을
나는 들었다
그 안개 속으로
섬세한 악기처럼 떨며
내 삶의 비늘 하나가 떨어져 내렸다

그리고 곧 날이 저물었다
처음 세상에 온 별 하나가
그날 밤 가득 내 눈썹 한끝에

어린 꽃나무들을 데려다주었다

날마다 그 꽃나무들 위에
비가 내리기 시작했다

지도에 없는 마을

　지도에 없는 마을을 내게 가르쳐준 여자는 죽은 꽃나무였다 연인이었다가 독약이었다가 슬픔이었다 결국엔 아무것도 아니었다 나는 지도에 있는 마을 어디에서도 산 적 없었지만 굳이 지도에 없는 마을로 가고 싶었고 거기서 높은 데 납작 엎드린 교회당 빨간 지붕이 되고 싶었으므로 맨 먼저 구름에게 물었던 것 같다

　지도에 없는 마을은 지도에 없으므로 지도에 없는 마을이었다 그래서 사람들 언어로는 물을 수도 없고 가르쳐줄 수도 없는 마을일 것이었다 구름은 그러나 무어라 말하기도 전에 잽싸게 입을 배꼽으로 바꿔버렸고 내가 투덜대기도 전에 귀를 감추고 사라져버렸다 한동안 나는 지도에 없는 마을의 마음이 되어 떠돌았다 바람도 나무도 꽃도 승냥이도 송사리도 지도에 없는 마을을 알지 못했다 지도에 없는 마을에 사는 것들조차 지도에 없는 마을을 알지 못했다 잠깐 사이에 11월이 다녀갔다

그 끄트머리에 이르러 나는 한 여자를 만났다 지도에 선명하게 점 찍힌 해거름의 술집이었다 그녀는 나무뿌리 같은 머리카락을 땅에 박고서 그때 막 꽃을 피우고 있는 중이었는데 어쩐지 내가 좀 외로워 보였던지 처음 피어난 꽃 한 송이를 내 손에 쥐여주며 말했다 당신은 이 나라 사람이 아니로군요. 깊은 겨울이 오기 전에 어서 날개를 갈아입어야 할 텐데요.

나는 그녀의 손이 이끄는 대로 오솔길이 되기도 하고 햇살에 기댄 돌담이 되기도 하고 꽃이 되기도 하였다 어떤 날은 별이 될 수도 있었는데 그녀의 눈 속에 잠시 몸을 맡기고 난 뒤였다 그런 날은 내가 몹시 아름다워서 지도에 없는 마을조차 잊을 지경이었다 그녀와 함께라면 지도 위에 발 묶이는 것도 괜찮지 않을까 혼자 술집에 앉아 고민하기도 하였다 그러나 그녀 역시 어두워지면 꽃들을 데리고 잠들어야 했으므로 더 오랜 말을 할 수는 없었다

여기 별자리가 있어요. 이 별들이 당신에게 길을
데려다줄 거예요. 머리카락을 땅에 박으며 그녀가 짧
게 말했다 꽃들은 이미 시들어 있었고 그녀의 눈은
다른 하늘을 바라보고 있었다 나는 제자리에 멈춰 선
그녀에게 뭔가 말하고 싶었지만 어떤 말도 더 이상
내 입을 지나칠 수 없었다 그녀의 꽃들이 한꺼번에
후드득 떨어지는 순간 내 몸은 이미 별들이 데려다준
길을 따라 지도에 없는 마을 쪽으로 날아오르고 있었
다 지도에 없는 마을은 결국 혼자서 가야 하는 마을
이었다 바람도 나무도 꽃도 승냥이도 송사리도 따를
수 없는 깊은 곳이었다

파적

봄날이던가
소쇄원 광풍각 대청에 누워
계곡물 소리로 늦은 숙취를 헹구고 있는데
그 아래 사람 사는 별채에서 한 노파가 달려오며
에잇, 오살할 놈아
거기가 한뎃놈 자빠지는 덴 줄 아냐
소리치는 서슬에 술이 확 깨서
대숲 바람 소리는 듣지도 못한 채
신발 들고 한뎃길로
광풍광풍,
도망쳐 내려왔다

퇴근

새들이 일몰의 시간 사이로 빠르게
달아난다 저것들도 퇴근을 하나?
스포츠신문을 말아 쥐고
하루 종일 장래 희망이 퇴근이었던 나는
풀려난 강아지처럼 성실하게
아랫도리를 흔든다
과묵하지 못한 굴뚝처럼
노을 끝에 비스듬하게 내 하루 동안의 욕설이
내어 걸린다 아아,
쓰벌!
쓰레기만도 못한
생존을 벌기 위해 오늘 하루는 또 얼마나 불운했던가
공복에 나는 출근을 하고 날마다 정확히 오 분씩
늦고
물은, 회사에 가서 먹는다 하루 종일 물먹고
더러는 거래처에서 내미는 구두 티켓까지 받아먹는
데도
망가진 대장 좀처럼 나아지지 않는다 쓰벌,

쓰벌 그러나, 노을도 새들도 만성 과민성 대장증후
군도
또는 월급을 일주일 남긴 나도
어둡기 전에 퇴근하기는 마찬가지
저 저녁 숲에 깃든 안식을 위해
하루 종일 살생을 일삼는 새 떼처럼
나 또한 살생으로 확인한 언어들로 부리를 씻고
퇴근과 출근 사이의 하늘이 마련하는 은둔 속으로
불현듯 지워져가는 것이 아니랴
나뭇조각이나 담뱃재 그 밖에
삼킬 수 없는 것들을 삼킨 후 총총히 사라지는
고궁의 비둘기 새끼들처럼
어? 이런 게 아닌데, 아닌데, 고개를 갸웃거리며
날마다 삼킬 수 없는 것들로만 배알을 채우면서
쪼르르 쪼르르, 사라져가는 것이 아니랴
어디로든 부리나케 퇴근하고 있는 것이 아니랴

칠판

당신이 알아볼 수 있도록
세상에서 가장 큰 글씨로 내 이름을 써두곤 했다
당신만 알아볼 수 있도록
세상에서 가장 깊어진 글씨로
내 이름을 써두곤 했다

나 혼자 노을 속에 남겨져 길이 보이지 않을 때에는
당신 맨 처음 바라보라고
서쪽 하늘 가리키는 손가락 끝에
청동의 별 하나를 그려두기도 하였다
때로는 물의 이름을
때로는 나무의 이름을
때로는 먼 사막의 이름을 쓰기도 했다

지붕이 자라는 밤이 와서
하늘이 내 입술과 가까워지면
푸른 사다리 위에 올라가 가장 깨끗한 언어로
당신의 꿈길을 옮겨 적기도 하였다

내 노래에 귀를 기울이는 물고기 한 마리
우산을 쓰고 지평선을 넘어오는 자전거 하나
밤과 새벽을 가르는 한 올의 안개마저
돌아와 아낌없이 반짝이곤 했다

아무도 그 이름 부르지 말라고
세상에서 가장 작은 글씨로 당신 이름을 쓰기도 했다
아무도 그 이름 알아보지 못하도록
세상에 없는 글씨로 당신 이름을 쓰기도 했다

날마다 뼈를 허물어 등불을 매달았으나
당신 한 번도 내가 쓴 말들 보지 못했다
빈 정거장에 나아가 눈이 먼 은행나무처럼
그토록 가깝고 먼 자리에
무성히 가지를 뻗은 지우개가 늘 있었다

두물머리 보리밭 끝

해 질 무렵 두물머리 보리밭 끝에는
바라볼 때마다 추억까지 황홀해지는 노을이 있고
아무렇게나 건네주어도 허공에 길이 되는
가난한 시절의 휘파람 소리가 있고
녹슨 십자가를 매단 채 빨갛게 사위어가는
서쪽 마을 교회당 지붕들마저 저물어 있다

나는 자주 그 길 끝에서 다정한 생각들을 불러 모
으고
구름은 기꺼이 하루의 마지막 한때를
내 가벼워진 이마 위에 내려놓고 지나갔다
언제나 나는 그 보리밭 끝에 남겨졌지만
해 질 무렵 잠깐씩 잔잔해지는 저녁 물살을 바라보며
생애의 마지막 하루처럼 평화로웠다
쓸쓸한 시절은
진실로 혼자일 땐 동행하지 않는 법이었다

바람의 길을 따라 보리밭이 저희의 몸매를 만들 때

나는 길 끝에 서서 휘파람 뒤에 새겨진 길을
천천히 따라가거나 물소리보다 먼
세월을 바라보았을 뿐

거기선 오히려 아무것도 그립지 않았다

아무것도 그립지 않은 사람으로 느리게 저물어서
비로소 내 눈물은 스스로 따스한 뉘우침이 되고
물소리는 점점 더 잔잔한 평화가 되고
서쪽으로 불어가는 생각들과 함께 나는
노을보다 깊어진 눈시울로 길 끝에 서서
아직 잊혀지지 않은 것들의 이름을 부를 수 있었다

생애의 마지막 하루처럼
두물머리 보리밭 끝에 날이 저물 때
멀리 가는 물소리와 함께
어디로든 한꺼번에 저물고 싶었다 아무것도
그립지 않았다

편지를 쓴다

내가 사는 별에는 이제
비가 내리지 않는다
우주의 어느 캄캄한 사막을
건너가고 있는 거다
나는 때로 모가지가 길어진 미루나무
해 질 무렵 잔등 위에 올라앉아
어느 먼 비 내리는 별에게 편지를 쓴다
그 별에는 이제 어떤 그리움이 남았느냐고,
우산을 쓰고 가는 소년의 옷자락에
어떤 빛깔의 꽃물이 배어 있느냐고,

우편배달부는 날마다 내가 사는 별
끝에서 끝으로 지나가지만
나는 한 번도 그를 만나지 못하였다
나는 늘 이 별의 한가운데 살고 있으므로
날마다 우주의 사막을 가로질러가는 시간의 빛살을
그저 물끄러미 바라보고 있는 거다
그래도 나는 다시 편지를 쓴다

비가 내리는 별이여
우주의 어느 기슭을 떠돌더라도
부디 내가 사는 별의 사소한 그리움 한 방울에
답신해다오

나는 저녁놀 비낀 미루나무 위에서
못난 까마귀처럼 가만히
고개를 떨어뜨리고 운다

상처적 체질

나는 빈 들녘에 피어오르는 저녁연기
갈 길 가로막는 노을 따위에
흔히 다친다
내가 기억하는 노래
나를 불러 세우던 몇 번의 가을
내가 쓰러져 새벽까지 울던
한 세월 가파른 사랑 때문에 거듭 다치고
나를 버리고 간 강물들과
자라서는 한번 빠져 다시는 떠오르지 않던
서편 바다의 별빛들 때문에 깊이 다친다
상처는 내가 바라보는 세월

안팎에서 수많은 봄날을 이룩하지만 봄날,
아무도 기억하지 않는 꽃들이 세상에 왔다 가듯
내게도 부를 수 없는 상처의
이름은 늘 있다
저물고 저무는 하늘 근처에
보람 없이 왔다 가는 저녁놀처럼

내가 간직한 상처의 열망, 상처의 거듭된
폐허,
그런 것들에 내 일찍이
이름을 붙여주진 못하였다

그러나 나는 또 이름 없이
다친다
상처는 나의 체질
어떤 달콤한 절망으로도
나를 아주 쓰러뜨리지는 못하였으므로

내 저무는 상처의 꽃밭 위에 거듭 내리는
오, 저 찬란한 채찍

독백

차마 어쩌지 못하고 눈발을 쏟아내는 저녁 하늘처럼
내게도 사랑은 그렇게 찾아오는 것이다
밀린 월급을 품고 귀가하는 가장처럼
가난한 옆구리에 낀 군고구마 봉지처럼
조금은 가볍고 따스해진 걸음으로 찾아오는 것이다
오래 기다린 사람일수록 이 지상에서
그를 알아보는 일이 어렵지 않기를 기도하며
내가 잠든 새 그가 다녀가는 일이 없기를 기도하며
등불 아래 착한 편지 한 장 놓아두는 것이다
그러면 사랑은 내 기도에 날개를 썼고
큰 강과 저문 숲 건너 고요히 내 어깨에 내리는 것
이다
모든 지나간 사랑은 내 생애에
진실로 나를 찾아온 사랑 아니었다고 말해주는 것
이다
새처럼 반짝이며 물고기처럼 명랑한 음성으로
오로지 내 오랜 슬픔을 위해서만 속삭여주는 것
이다

나는 비로소 깨끗한 울음 한 잎으로 피어나
그의 무릎에 고단했던 그리움과 상처들을 내려놓고
임종처럼 가벼워진 안식과 몸을 바꾸는 것이다
차마 어쩌지 못하고 눈발을 쏟아내는 저녁 하늘처럼
젖은 눈썹 하나로 가릴 수 없는 작별처럼

내게도 사랑은 그렇게 찾아오는 것이다 새벽별
숫눈길 위에 새겨진 종소리처럼

위독한 사랑의 찬가

아내는 사랑의 찬가를 듣고 나는 빈방에서
사랑 때문에 더 이상 사랑을 믿지 않게 된 한 여자의
짧았던 생애를 생각한다 그녀는 세상에 구원은 없
다, 라고 쓴
유서를 남긴 채 검은 커튼 아래서 죽었다 나는 술
집에서
낮술에 취해 그녀의 부음을 들었다 아무런 죄도 없이
술잔에 머리를 묻은 채 울었고 그날 함박눈이었는지
새 떼들이었는지 광장에 가득 내리던 무엇인가에
살의를 느꼈었다
삶에서 빛을 꿈꾸었던 사람들에게 겨울은 위독하다
술 마시다 단 한 번 입술을 빌려주었던 대학 친구도
겨울에 죽었다 그녀는 프랑스 유학과 가난한 애인
사이에서 떠돌다
결국 오래 잠드는 쪽을 선택했다 하지만 오랜 잠이
그녀에게 어떤 빛을 데려다주었는지 대답해주지는
않았다
아내가 사랑의 찬가를 듣는 한낮이 나는 무덤 같고

삶에서 아무런 빛을 꿈꾼 적 없는데도 위독해진다
사랑에 찬가를 붙일 수 있는 사람은 깊이 사랑한
사람이 아닐 것
이라고 나는 생각한다 아내의 남편이 되면서 내 사
랑은
쉽게 불륜이 되었지만 모든 사랑이 불륜이 되는 삶
만큼
구원 없는 세상이 또 있을까 싶어 나는 무서워진다
검은 커튼
아래서 짧은 유서를 쓰던 그녀 역시 무섭지 않았을까
여긴 내가 사랑하기에 어울리지 않는 곳,이라고 썼던
친구 역시 무서웠을 것이다 무서워서
결국 뛰어내릴 수밖에 없는 삶을 건너가기 위해
그녀들은 얼마나 깊어진 절망으로 빛을 기다린 것
일까
아내는 사랑의 찬가를 듣고 나는 빈방에서
겨울에 죽은 여자들의 생애를 생각한다 사랑 때문에
사랑을 버리는 일은 그녀들에게 생애의 모든 빛을

버리는 것이었고

   모든 사랑이 불륜이 되어버린 나에게 겨울은 문득

위독한 빛으로

   검은 커튼을 드리운다

제2부

길

여섯 살 눈 내린 아침
개울가에서 죽은 채 발견된 늙은 개 한 마리
얼음장 앞에 공손히 귀를 베고 누워
지상에 내리는 마지막 소리를 견뎠을
저문 눈빛의 멀고 고요한 허공
사나흘 꿈쩍도 않고
물 한 모금 축이지 않고 혼자 앓다가
단 한 번의 망설임도 없이 개울가로 걸어간
개 발자국의 선명한 궤적이
지금껏 내 기억의 눈밭에 길을 새긴다

새

지혜로운 새는 세상에 와서
제 몸보다 무거운 집을 짓지 않는다
바람보다 먼 울음을 울지 않는다

지상의 무게를 향해 내려앉는
저녁 새 떼들 따라 숲이 저물 때
아주 저물지 못하는 마음 한 자리 병이 깊어서

집도 없이 몸도 없이
잠깐 스친 발자국 위에 바람 지난다
가거라,

황사

사막도 제 몸을 비우고 싶은 것이다
너무 오래 버려진 그리움 따위
버리고 싶은 것이다
꽃 피고 비 내리는 세상 쪽으로
날아가 한꺼번에 봄날이 되고 싶은 것이다

사막을 떠나 마침내 낙타처럼 떠도는
내 고단한 눈시울에
흐린 이마에
참았던 눈물 한 방울 건네주고 싶은 것이다

중독

내게 아무런 기쁨 없으니 나무들은 저희끼리
한 시절의 잎사귀를 불렀다 흩어놓고
몇 번씩 비가 내리는 저녁이 와서
더욱 캄캄해진 귀를 막게 했을까 세상에 오지 않는
노래와 약속들은 아프고 아무 데서나
쓰러지고 싶었던 나날들은 내게도 고통이었을 테
지만
이젠 어쩔 수 없고 어쩔 수 없음으로 하여
나는 더 멀리 길 바깥으로 떠밀려간다
아무도 살지 않는 곳에서는 모든 것들이 뚜렷해서
귀를 막지 않아도 내 고통이 잘 들리고
잘 자란 벌레처럼 울 수도 있었을 것이므로
점점 더 깊은 곳에 나는 나를 버려두는 것이다
불타지 않는 기억들을 집으로 지은 사람답게
함부로 생애의 알 수 없는 힘들을 견디는 것이다
그러나 바람의 길과 빗방울이 오는 길과
시간이 흘러가는 길을 그 바깥에서
파랗게 볼 수 없다는 것이 무슨 괴로움이 되리

생애는 그런 것들과 영혼을 바꾸지 않아도 멀리 흐
르고
아주 가까운 곳에 상처들은 무궁한 뿌리를 드리운다
거기 몸 박고 꽃을 피우면 이윽고 어쩔 수 없는
나날들이 오고 저녁이 와서 눈 뜰 때마다 더 멀리
더 멀리 떠밀려 가 있는 잎사귀와 만나고 나는
구름의 생멸보다 잦고 흔한 고통과 만나게 될 것을

안쪽

동네 공원에 저마다 고만고만한 아이들 앞세우고
와서
한나절 새우깡이나 비둘기들과 나눠 먹다가 어머,
어머, 어머낫!
그새 발목까지 흘러내린 엉덩이 추켜올리며
새우깡 알맹이 부스러지듯 흩어져 집으로 향하는

저 여인들 또한 한때는 누군가의 순정한 눈물이었
을 테고
지금껏 지워지지 않는 상처일 테고
세상에 와서 처음 불리어진
첫사랑 주홍빛 이름이었을 테지
어쩌면 그보다 더 살을 에는 무엇이었을 테지

여인들 떠나고 꾸룩 꾸루룩,
평생 소화불량 흉내나 내는
비둘기들마저 사라져버린 공원에 긴 졸음처럼 남
아서

새우깡 봉지와 나란히 앉아 펄럭이는 내 그림자 곁
으로
　　오후의 일없는 햇살 한 줌 다가와 어깨를 어루만진다

　　새우깡 빈 봉지의 안쪽 살갗이
　　저토록 눈부신 은빛이었다는 걸
　　처음 발견한 내 눈시울 위로 화들짝 꽃잎 하나 떨
어진다

평화로운 산책

저녁 숲길이 별안간 가을을 맞이했을 때 가을, 나를 따라온 긴 그림자 하나 문득 사실적이로구나 시퍼런 가슴도 때로 추억의 철퇴를 맞고 비틀거리는 첨탑들도 일몰 쪽으로 달려간다 이런 시간엔 돌아오는 모든 것들이 눈물겹게 보인다 입술을 적신 새 떼와 손금을 버린 사람들이 돌아오는 시간, 그 시간 끝에 매달려 있는 저 불온한 시계추들 그래, 나는 지금 걷고 있는 중이야

그 길 끝에는 호수가 있다
빨간 닭장과 구름들이 중얼거리며
서쪽으로 가볍게 흘러가고
모든 외마디의 빛깔들이 한끝을 향해
펑펑 글썽이며 돌아오는 시간
노을의 한때를 가로질러
천천히 걸어온 물살들이 가장자리에서
입술을 반짝이네 나 좀 봐, 나 좀 봐

이런 순간에 나는 평화를 평화,라고 솔직하게 발음
해보는 것이다 내가 지나온 교과서 속에는 아직도 세
상의 모든 의미가 세상의 모든 기호들 속에 깃들여
있을 테지만 때로 사람들에겐 살뜰한 알약 하나 꺼내
놓을 수 없는 위독한 행간이 있다 알 수 없는 보퉁이
를 싣고 구비를 도는 우편배달부처럼 내게 강 같은
평화 아아, 강 같은 평화 노래 부를 때마다 점점 더
폭력 쪽으로 쏠려 가던,

하여간 나는 지금 걷고 있는 것이다
아무도 기억하지 않는 날들의 음계를 더듬으며
삭정이 같은 추억이라도 한순간
독하게 끌어안아보는 것이다

도망간 여자 붙잡는 법

도망간 여자가 아직 지구 안에 머물고 있다면
그녀를 붙잡는 것은 아주 쉬운 일
우선 몸의 부피부터 부풀려야 한다
태양계보다 커야 한다
지구 밖으로 물러나 좀 살펴보다가
잠시도 가만히 있지 못하는 지구의 속도를 가볍게
제압한 후
태양 가까이 가져가서 자세히 관찰하도록 한다
그래도 도망간 그녀는 쉽게 눈에 띄지 않을 것이다
도망간 여자가 채석장에서 돌을 깨고 있지는 않을
테니까
집어등 밝힌 어선을 타고 오징어를 잡고 있지는 않
을 테니까
강물과 바닷물을 비워낸다
너무 예리하지 않은 칼로 지구의 껍데기를 벗겨낸다
아, 지붕들만 살짝 벗겨내는 것을 잊어서는 안 된다
핀셋으로 남자들을 골라낸다
좀 작업이 더딜 것 같으면 도처에 싸움을 일으키면

된다

　남자들은, 어쨌든 무엇을 위해서든 뛰쳐나가지 않
고선

　배겨내지 못할 테니까 그게 남자들이 주로 하는 일
이니까

　이번엔 동네 구멍가게든 백화점이든 모든 상점마다

　폭탄 세일을 벌이도록 한다 도망간 여자가

　설마 그 비좁은 틈바구니에서 구두를 고르고 있진

않을 테니까

　홍당무와 감자의 무게를 달고 있진 않을 테니까

　이제 좀 정리가 됐는가

　그때 그녀가 가장 좋아하는 노래를 불러준다

　한사코 귀를 막고 다시 도망가는 여자가 있다면

　그녀를 주시하라 그녀는 아직도 그 노래를 기억하

고 있고

　내가 되었든 당신이 되었든 결코 다시 듣고 싶어

하지 않을 테니까

　도망간 여자가 아직 지구 안에 머물고 있다면

그녀를 붙잡는 것은 아주 쉬운 일

그러나 도망간 여자를 붙잡는 일은 너무나 어리석
어서

제발 그만두라고 말리고 싶다

그건 지구를 괴롭히는 일이니까

태양계를 비좁게 만드는 일이니까

홍길동뎐

지 에미 이름도 모르는 꼴통 새끼!

군대 훈련소에서 처음
호적등본에 박힌 법적, 어머니 이름을 알았는데
아버지가 아버지가,
스물세 살 아들과 숨바꼭질하자는 것 같아서
우히히,
웃음이 나왔고 군댓말로
좆나게 맞았다

바야흐로 아버지를 아버지라 부를 수 없고
형을 형이라 부를 수 없는 세월이
느릿느릿 나를 데리고 흘러갔다

햇살, 저 찬란한 햇살

미스 충북 선발 대회 의상상 받고 와서
양장점 주인과 함께 카퍼레이드 하던 승출이네 누
나는
지금쯤 시집가서 잘 살고 있을라?
종합병원 병동 앞에 펄럭이는 만국기들 바라보다가
나는 문득 삼표연탄 삼륜 트럭 위에서 꽃종이를 흩
날리며
소읍의 골목길을 누비던 풍경의
그 절묘한 보색대비가 떠올랐다
일부러 햇살이 잘 비치는 벤치에 나란히 앉아
꽃들의 만개를 바라보는 우리들의 주말 한때
살아 있을 날이 채 두 달도 남지 않은 누이와
살아가는 일이 순 견디는 자세로 움츠러든 나에게
봄날 이 햇살의 통속함이란 얼마나 깊고 감미로운가
벚꽃은 제 그늘마저 화냥기로 가리고
짜장면 배달 오토바이는 어느 벤치로든 어김없이
찾아든다 신기하지,
누이는 웃으며 공연히 먼 눈길을 햇살 속에 버려두

지만

　나는 안다 우리에게 찾아든 목숨 또한 얼마나

　찬란하고 경이로운 인연이랴 그러나 죽어가는 시간과

　살아가는 시간의 틈새에는 또 얼마나 머나먼 강물이

　우리 모르게 흘러가고 있는 것이랴

　누이는 목숨을 걸고 죽어가고 나는 목숨을 걸고

　살아간다 벚꽃,

　벚꽃 저 까닭도 없는 축제의 몸매들,

　햇살 흐드러진 벤치 위에서 우리들은 비로소 말을

버리고

　목숨 하나로 고요하게 세상의 시간을 바라보기 시

작한다

　살아갈 날이 채 두 달도 남지 않은 누이와

　살아가는 일이 순 견디는 자세로 움츠러든 나에게

　속절없이 쏟아지는 햇살 저,

　모든 살아 있는 것들 위에 내리는 찬란한 햇살

추억에는 온종일 비가 내리네

추억에는 온종일 비가 내리네 도립병원

철조망 아래 우리 집은 그 여름이 다 가도록 비에 잠기고

생각에 잠긴 지붕마저 선착장 유람선처럼 흘러가고

빗쟁이도 고지서도 쳐들어오지 않는 날들은 평화로 웠네

비가 오면 조금씩 흘러가 마침내 주소마저 지워져 버리는

우리 집 서쪽에는 항상 시청 철거반 합숙소가 있고 일요일

오후에 건빵 가져다주던 박 대위 아저씨 하숙이 있고

우리 큰누나 재봉틀에 매달려 일하던 모자 공장 그 건너

방죽에는 패랭이꽃 달맞이꽃 온갖 주인 없는 꽃들 이 피어

갈 데 없는 마음들과 놀아주었네

백동전 서너 개만 가질 수 있으면 좋으련만 나는 소년중앙

별책 부록을 끼고 차창에 기대 먼 곳을 바라보는

도회의 유복한 소년처럼 한나절만이라도 벗어날 수 있기를

소망했네 조치원역에서 내려 짜장면 한 그릇만 먹어봤으면

하루라도 포만과 감미로운 피로에 젖어 잠들 수 있다면

이 세월 빨리 건너뛸 수 있을 텐데

그러나 날마다 비는 내리고 기차보다 빨리 흘러가버리는

우리 집 지붕을 붙들고 서서 나는 쓰르라미처럼 울었네

온갖 고통이 문패를 달고 세월을 밀고 갔네 그 너머

추억에는 온종일 비가 내리네 아주 흘러가 지상에서 사라진

우리 집 지붕 위에 내 눈물 아직도 비를 맞네

남겨진 것

예수는 요셉을 무어라 불렀을까 개새끼,
키 작은 군목이 거듭거듭 예수를 여수라 발음하는
일요일 한낮까지 나는 끝없이 졸음이 쏟아졌다 여
수는
한 번도 가져보지 못한 옛 애인의 고향이지
고등학교 삼 학년 때 나는 아버지를 대문 밖에다 질질
끌어다 팽개친 적이 있다 너 같은 건 아버지도 아냐
너 같은 건 차라리, 너 같은 건,
어지러운 꿈속에서
나는 단 한 번 부드럽게 불러보았다 아버지,
아버지 이제 돌아가면
아픈 다리 한편이라도 아들의 이름으로
대신할 수 있을까요 종소리는 꿈결에서도
평화롭고 평화로웠지만 그러나 나는 분명하게
말할 수 있다 아, 그렇다면 우리는
얼마나 불행한 이웃이었던가 아버지
살아서 옷 한 벌 스스로 갈아입을 수 없었던
캄캄한 육신 스스로 벗고 돌아섰을 때

내게 남겨진 것은 낙엽 한 장
만큼의 슬픔도 읽히지 않는 전보 한 장이었을 뿐
숲은 점점 장작더미 쓰러지는 소리 뒤로 어두워가고
내 가슴엔 지우지 못한 물소리로 더럽혀진
기억의 한끝이 십자가처럼 빛날 때

시인의 근황

모처럼 우연히 만난 유명 시인에게
요즘 어떻게 지내세요, 라고 묻자
그는 일행들에게 농담이나 건넬 뿐
내 쪽으로는 눈길조차 주지 않았다

슬그머니 부아가 치민 나는
술김에 또 지고 싶지 않아서
유명 시인이 되면 묻는 말에 대답 안 하고
그러는 건가 보지?
그렇게 혼잣말처럼 궁시렁거렸던 것인데
이윽고 유명 시인이 한마디했다

시인한테 어떻게 지내느냐고 물으면
뭐라고 대답해야 하지?

나는 좀 억울했다
도대체 시인들은 어떻게 지내는지 몰라서
진심으로 물었던 건데

그런 것 좀 자상하게 일러주면 안 되나?

어쩌다 아무런 연고 없이 합석하게 된 술자리에서
그냥 앉아 있기 어색해서
곁에 앉은 여자 시인에게 물었다
요즘 어떻게 지내세요?
그러자 그 여자 시인이 대답했다
전과 다름없이……

괜한 걸 물었다가
괜히 상처받는 이 버릇

그래서 나는 결심했다
시인에게 근황을 묻지 말자
시인이란 전과 다름없이 지내면서
대답할 필요도 없이 시를 쓰는 사람들이다

86학번, 일몰학과

저녁은 너무 빨리 오고 술집은 가까웠네
선생들 통근 버스를 향해 달려가고
흔한 노을과 묘목들 곁에 영수증처럼 남아서
차라리 구속영장이거나 입대영장이거나
무엇이든 내 일몰의 시간 데려가줄 폭력을 기다렸네
몇 년째 공사가 멈춰져 있는 도서관 뒤로
기차가 다니지 않는 철길과 무너진 방죽
때로 여자와 그 길 걸을 땐 아랫도리
함부로 벗어버린 벌목들 뒤로 숨고 싶었지만
욕된 문장들 너무 많이 읽은 내 눈엔
어린 꽃들과 풀씨들이 더 먼저 희끗거렸네
나를 어디로 데려가려고 거기까지 갔는지
어쩌면 여기까지 왔는지 아무도 알려주지 않는
길 끝에 늘 반짝이는 불빛과 별빛
눈물 건너 그 건너 아무도 없는
거기서 나는 언제나 지느러미처럼 서성거렸네
기다리지 않으면 폭력보다 더 먼저 캄캄한 내일이
오고

내일보다 캄캄한 오늘이 기억날 게 두려워

눈을 뜨면 술잔에 헹궈진 아침이었네

우주선을 타고 강의실에 내린 선생들과

젖은 잡풀을 베고 잔 이웃들이 바벨탑 그늘처럼 반

짝이는

날들이 날마다 우편배달부처럼 지나갔네 배롱나무

어린잎이 노을 따라 흔들리는 바람길 뒤로

책갈피들은 맵고 고요하게 펄럭이고

잊혀져서 비로소 노랗게 날개를 단 목소리 따라

숱한 말들이 흘러갔네 아무도

나를 폭력 쪽에서 데려온 적 없는 시간이

돌이킬 수 없는 빠르기로 손금 위에 쌓였네

허물고 싶은 노을들이 그림자를 새겼네

86학번, 황사학과

1

아무래도 나는 망가지고 있는 것 같다……

노을이 춘화처럼 마음에 불을 지르는
오후 다섯 시의 교정
아무도 남지 않는 강의실 한구석에서 편지를 쓰면
그해의 목련은 모두 잊혀진 이름들 위로 떨어지고
돌이킬 수 없이 깊어진 봄이 고욤나무 근처에서
어린 싹들을 천천히 불러 올리고 있었다
가끔씩 오는 버스는 가끔씩 술에 취한 학생들을
태우지 않고 지나갔다

2

날마다 숨 막히게 바람이 불고 바람 속에는
내 사소한 이름마저 지워버릴 것 같은 수만의 모래
알들이
섞여 있었다 시를 들으러 가는 강의실 복도에서

나는 더러 피가 섞여 나오는 과장법의 기침을 쏟고
그런 날이면 왠지 아무 여자하고나 잠자고 싶었다
자취방에는 쓰러진 책들과 쓸모없는
시간들로만 늘 가득 차 있었으므로
언제나 나는 길과 길 사이에서 떠돌았다

　　3
내가 믿는 것은 진실로 아무런 의심도 없이
노래가 사랑이 되고 노래가 구원이 되는 세상
폭력보다 더 아픈
희망의 언어들이었을 뿐
학교는 거대한 성곽처럼 빛났고
교수들은 투구 쓴 기사처럼 근엄하고 엄숙했으므로
사실 나는 그런 것들의 내부까지를
믿었다 형식이 내용을 지배하지 못한다는 것을
깨닫게 되기까지는 참으로 많은 상처가 필요했다
과우들은 합승을 하려는 사람들처럼 이리저리

몰리며 문학과 혁명을 외쳐댔지만
그들은 어쩐지 모여 있을 때에만 습관적으로
힘을 발휘하는 것 같았다 나는 은밀한 목소리로
남쪽 출신의 여자 선배에게
더 이상 마르크스를 읽고 싶지 않다고 고백했다

   4

그 봄에 다친 기관지에 몇 번의 염증이 거듭되고
농아학교 수업 시간 같은 강의실에서 밀려나
혼자 술 마시는 날들이 늘어가면서
나는 점점 내가 빠져든 길이 병든 낙타처럼
건널 수 없는 사막의 길이 아닌가, 유행가調로
의심하기 시작했다
본의 아니게도 나는
본의 아닌 삶을 살아버리게 될지도 모른다!

날마다 피곤이 사포처럼 나를 문질러댔다

누구도 깨워주지 않는 잠을 이틀씩 자고 나면
방 안은 고요한 무덤처럼 은회색 먼지로 황홀하게
나부꼈다 아아, 죽고 싶도록
살고 싶어
누군가 찢겨져 나간 책갈피 사이에 머리를 파묻었
을 때
나는 수첩 위에 어차피 감상이란 아무런 것에도
무기로 쓰일 수 없을 것,이라고 썼다

갑자기 바람이 불고
돌이킬 수 없이 깊어진 봄이
욕설처럼 도처에 흐려져 있었다 갑자기
울고 싶었다

낮은 여름이고 밤부터 가을

낮은 여름이고 밤부터 가을이었는데
여름부터 취해 있던 내가 가을 술집에 앉아
또 술을 마시고 있었던 것입지
해가 저문 것도 아니고 아니 저문 것도 아닌
문 안도 아니고 문 안이 아닌 것도 아닌
축축하고 퀴퀴하고 푸르스름한 자리였습지
반 벗은 보살 하나와 반 입은 보살 하나가
곁에 앉아 죽은 닭의 껍데기를 하염없이
벗기고 있더란 말입지 여긴 가을 술집
잎사귀마다 서러워지는 해거름인데
뉘엿뉘엿 벗겨지는 껍데기가 슬퍼서
나 또한 울고 싶더란 말입지
여름에 두고 온 여자
낮의 그림자처럼 껍데기에 생채기 환하던
그 여자 나 한 번도 벗겨본 적 없었습지
그런데도 다 보았던 것입지 눈물은 너무 깊어서
벗겨보지 않아도 제 우물을 다 드러내는 법이었습지
얼굴을 비추면 전부가 깨질 것 같은

그 여자 햇빛 속에 남겨두고 나 혼자
샛길로 비틀비틀 일몰까지 다다른 것이었습지
여름부터 취해 있었으나 저녁이 왔고
가을까지 한 생각이 슬펐으므로 나뭇잎조차
제 껍데기를 다 가리지 못하고 있었습지
여긴 가을 술집 이젠 돌이킬 수도 없고
돌아가 다시 벗겨줄 수도 없는 거였는데 말입지
낮부터 가을까지 슬프고
여름부터 해거름 술집까지 울고 싶더란 말입지
참 오래도록 생채기 환하더란 말입지

친절한 연애

친절한 여자와 연애했네
하루에 한 명씩 남자를 낳아서
아버지의 무릎 앞에 공손히 바치는 여자
포크도 나이프도 없으니
드세요, 싱싱한 공복감이 기른 이빨만큼
나를 황홀케 하는 도구는 없어요
아버지를 위해서라면
나는 아버지가 매달아둔 유방까지
부드럽게 익혀서 드릴 수 있어요
만찬을 위해 밝혀둔 촛불 앞에서
그녀의 눈은 비늘처럼 반짝였네
가끔씩 확인하듯 스스로에게 중얼거리며,
그러나 나는 사실 오래도록 잠들어 있는 거야
내 잠 속의 서가에는 푸르른 먼지
책갈피마다 숨겨둔 지하 통로가 있지

큰 꽃무늬 잠옷을 입고 그녀는 내게로 왔네
통로가 여러 개여서 좀 늦었을 뿐이에요

능숙하고 빠른 솜씨로
그녀는 내 손과 발을 묶고 눈을 가렸네
채찍과 같은 혓바닥이 자주 목덜미를 할퀴는
성급하거나 예의 없는 밤이 지나면
자궁 깊숙이 또 하나의 남자를 데리고 그녀는 사라
졌네
아무도 따를 수 없는 지하 통로
그녀의 은밀한 몸집만이 통과할 수 있는 지하 통로
슬퍼 말아요, 어차피 우리들의 연애는
불친절한 예언이었을 뿐이니까요
아버지를 굶주리게 하는 것은 곤란해요
그건 아버지의 이빨을 무디게 하는 일
나는 아버지의 식성을 닮았답니다

지상에 단 한 발자국도 남기지 않고
어디로든 가는 여자
지하 통로만큼 많은 자궁을 거느린 여자
아버지를 위해

오늘도 남자를 낳아 만찬을 준비하는
친절한 여자가 다시 돌아올 때까지
나는 바닥에 귀를 대고 공포를 기다리네

분교 마을에서

돌아가야지 철길 따라 희끗희끗 개망초 피어 고단
하게 고단하게 살을 허무는 저녁답 아무도 오지 않고
혼자 남은 내 이름 헛된 발 묶임이라 이르며 돌아보
면 살아온 날들은 벌목 당한 비탈처럼 저물어 있다

슬퍼 말자 모든 집들과 기억들 사이에 비가 내리니
이제 내 흔하디 흔한 눈물 한 방울이 이룩하는 소금
의 바다에도 머지않은 새벽 그러나 어느 하루 잊었던
사람에게서 편지가 오고 깊어진 술잔 속에 이마를 헹
구면 아아, 여기는 대체로 어디쯤일까 사랑한 사람들
지금쯤 나의 부재를 눈치챘을까 내다 버린 마음들처
럼 터무니없이 눈시울 어루만지는 빗물들이여

돌아가겠다 밤새워 숱한 나에게 편지를 쓰고 아침
이면 뉘우침처럼 갈씬거리는 한 무리의 안개 그래,
돌아가겠다 못 버릴 것 하나 없으므로 철길 따라 오
래오래 눈이 멀면서 그래,

니들이 내 외로움을

술 처먹고 사고 치는 잉간 쌨어도 대마초 빨고 사고 치는 년 봤냐? 쎄꺄, 니가 봤냐? 봤어? 술 처먹고 포장마차 앞에 세워진 일제 오토바이 한 대 냅다 걷어찬 죄로 방범한테 잡혀서 학동2동 파출소에 끌려갔을 때 대마초보다는 술을 더 처먹은 것 같은 아가씨 하나가 의경 귀싸대기를 후려치며 외쳤다 씨발놈아, 대마초가 영어로 뭔지나 알아? 내 이름이 마리다, 마리! 졸라 무식한 것들이 대마초를 잡고 지랄이야!

술 처먹고 사고 친 나는 마누라까지 불러 합의 보는데 나보다 더 술 처먹은 것처럼 보이는 아가씨는 의경 무전기까지 뺏어 들고는 밍구 씨, 밍구 씨, 내가 밍구 씨 때문에 얼마나 외로운지 알어? 나 너무 외로워서 한 대 빨았어. 와 줄 거지? 올 거지? 에로 영화배우처럼 흐느끼기 시작했다

오토바이 발로 찬 합의금이 두 달 치 월급에 이르는 사이 밍구 씨보다 먼저 강남경찰서 봉고차가 도착

했고 대마초가 니들한테 잘못한 게 뭐가 있어? 니들이 내 외로움을 알어? 이 씨발놈들아! 민주 투사 같은 자세로 아가씨 간신히 실려 가고 나자 미친년, 외롭다고 대마초 피워서 좋아질 거 같으면 난 대마초 아랫도리랑 간통이라도 하겠다. 합의서에 서명 마친 마누라가 담배 하나 빼어 물며 말했고 술 처먹고 사고 친 나도 그제서야 조금 외롭다는 생각이 들었고 대마초를 한 대 빨면 정말로 조금 덜 외로워져서 술 안 처먹고도 늠름히 버틸 수 있는 세상이 올까 싶어 순경에게 다가가 진심으로 물었다 아저씨, 대마초는 합의금이 얼마쯤 해요? 순찰 나온 달빛이 흐흥흐흥 웃는 밤이었다

만다라다방

보살이 찻잔을 들고 나선다
두 개의 법륜을 갖춘 클래식 스쿠터 뒷자리에
반가사유의 자세로 올라앉아
고요히 사바의 굽은 길을 바라본다
비가 내릴 때마다 아랫도리를 적시던 집들이
모처럼 잘 마른 햇살 아래 허벅지를 내다 건다
정토부동산 앞 지날 때 한눈 흘기던
애꾸눈 사내의 목덜미가 맨드라미 같다
법륜의 속도에 겨워 펄럭 들춰지는 스커트 자락조차
여기선 다 보시가 된다
법열의 세계를 훔쳐보는 저 무구한 눈들 뒤에
웅크려 빛나는 불성이야말로 진흙 같은 세상 밝히는
천진불의 본래 자리 아니고 무엇이랴
그러므로 무릇 법이란
삼천대천세계에 우산살처럼 펼쳐져야 하는 것
처음 화류종단의 계를 받을 때
연비보다 아프게 살에 박히던 깨달음을
보살의 나이테는 뜰 앞의 잣나무처럼 키워왔다

빈 몸뚱이 하나로 세상에 왔으니
몸으로 짓는 인연으로 삼생의 업보를 다 씻으리라
굳게 원력 세운 초발심의 경계 허물지 않았다
불멸장의사 지나 반야미용실 지나
마침내 탄트라모텔 108호실 문 앞에 당도했을 때
짐짓 들숨과 날숨 사이에 버티는 번뇌 따위
찰나에 수미산까지 번지는 망상 따위 본디 공한 것
이다
가장 낮은 곳에서 연꽃 하나 피우는 일로 날마다
상구보리 하화중생
몸으로 세운 뜻 거듭 깨우며
보살이 찻잔을 들고 나선다
굴려도 굴려도 닳지 않을 금강의 진신 법륜이
스커트 자락 깊숙이 사리처럼 빛나고 있다는 경문을
중생들의 불심은 지폐 몇 장 불사르는 일로 확인하
지만
보살의 법륜은 구르고 굴러 오늘도
비와 햇살과 구름의 날들을 건너

클래식 스쿠터 배기량으론 꿈조차 따를 수 없는
먼 길
피안으로 피안으로
티켓도 없이 흘러간다

極地

살아오는 동안 나는
내가 사랑하는 것들로부터 거의 언제나
일방적으로 버림받는 존재였다
내가 미처 준비하기 전에
결별의 1초 후를 예비하기 전에
다들 떠나버렸다

사람을 만나면 술을 마셨다
술자리가 끝나기 전까지는
떠나지 않으리라는 기대 때문이었다

가야 할 사람들은 늘 먼저 일어서버렸다
대부분의 사람들은 끝까지 잘 참아주었다

그러나 마침내 술자리가 끝났을 때
결국 취한 나를 데리고 어느 바닥에든 데려가
잠재우고 있는 것은 나였다

더 갈 데 없는 혼자였다

이력

필리핀에서 돌아온 친구는 처남 집 담보로
돈을 좀 빌려달라고 한다 도박으로 망했으니
결국 도박으로 승부를 내는 수밖에 없다고 한다
승부, 라고 말하는 그의 눈빛이 예수천국
불신지옥, 을 외치던 옛날 애인과 닮았다고
순간 나는 생각한다
승부는 이기고 지는 것
이기는 것과 지는 것은 그러나
한 이불 쓰고 누울 수 있을 만큼 다정한 사이가 아
니다

나는 세상에 와서 언제 한번 이겨봤을까 싶게
순 남들 만세 부르는 구경만 하다가 정작으론
백전백패쯤의 전적으로 이 나이를 살아왔다
대학을 졸업했지만 내가 가고 싶었던 곳은 아니었다
취직을 했지만 남들이 거들떠보지 않는 회사였다
이것도 승부라면 단 한 번 이긴 적이 있는데
임신해서 만삭이 된 아내와 결국 결혼할 수 있었던

것이었다

만원 지하철마저 파고들지 못해 지각하는 날엔

아침부터 공원에 앉아 비둘기들과 술이나 마시고
싶었다

늘 이기고 싶었지만 언제나 마음속에서만 우물거렸
을 뿐

승리의 나이키 운동화 한 켤레 사 신지 못했다

누군가 인생은 승부,

승리한 자가 아름답다, 라고 말했을 때 나는

텔레비전 속으로 뛰어 들어가 그를 죽도록 패주고
싶었다

그러나 그는 가장 많이 이긴 사람이었고

현실적으로 나보다 주먹이 컸다

슬슬 피해서 뒷자리 값싼 관중석이나 차지하면 좋
았을 것을

세상은 끊임없이 글러브를 끼우고 마우스피스를 물
리고

공을 울렸다 함부로 주먹을 휘두를 만한 용기마저
없었으므로

나는 상습적으로 바닥에 누워 경기를 마치는 선수
였다

날마다 들것에 실려 퇴근하면서

위자료처럼 받은 돈으로 겨우겨우 마이너스통장을
메우는 내게

필리핀에서 돌아온 친구는 돈을 빌려달라고 한다

도박으로 망했으니 도박으로 승부를 내는 수밖에
없다고

전의를 불태우는 친구는 그러나 이미 내게 돈 빌리
는 일에 승부,

를 걸고 있는 것 같아서 나는 자꾸만 바닥에 눕고
싶어진다

바닥에 누워 카운트가 끝날 때까지

평화롭게 코피라도 흘리고 싶어진다

제3부

집에 가는 길

　화장으로 옛날을 조금 가린 여자, 결심한 듯 귀걸이를 매달 때마다 네온사인 불빛들이 혓바닥을 목에 감는다 비로소 안전을 확인한 고양이처럼, 그러나 당연한 궤도를 지나가는 행성처럼 스르르 문을 열고 빠져나가는 시간은 안팎이 잘려져 있다 혼자 남은 사람의 육체 위에 추적추적 물이 쏟아진다

풍경

보리밭 끝에 자전거를 멈추고
아들과 함께 나는 하늘을 보네
구름은 가볍게 은비늘을 펼치며 흘러가고
찔레꽃은 이미 청춘을 지나
돌이킬 수 없는 시절 쪽으로 깊어져 있네
얼마나 먼 길을 떠돌아서
나는 비로소 이 길에 자전거를 멈추었나
세상의 언어를 모르는 아들 입술에
종달새 같은 지저귐이 반짝 빛나고
세상을 향해 굳어진 내 어깨 위로
보리밭은 황금의 숨결을 내려놓네
너무 늦게서야 나는 나의 괴로운
자전거 바퀴를 멈춘 게 아닌가
보리밭 두던에 가만히 자전거를 기대어 두고
어린 아들의 손바닥 위에 나는
말없이 보리 이삭 한 개를 쥐여주네

전술보행

꿀벌들이 제 집을 찾아들 때
닝닝거리며 날갯짓 소리 더 커지고
상하좌우 불규칙한 진자의 움직임을 보이는 까닭은
천적으로부터 자기 몸을 보호하기 위한 것이다
나 또한 집에 들어가는 길에
고래고래 목소리 높아지면서
좌우로 기울어 흔들리며 가는 까닭은
세상으로부터
모진 세월로부터 이 한 몸 들키지 않기 위해서다
군대서 배운 전술보행
절대로 똑바로 가지 말고 좌우로
불규칙하게 비틀비틀 뛰어야 살아남는다는 교범을
민방위 대원이 된 지금까지 실천하고 있는 이 시퍼
런 상무 정신
절대로 똑바로 가지 말자
똑바로 가면, 죽는다

머나먼 술집

요 몇 달 사이에 나는 피해서 돌아가야 할
술집이 또 두 군데 더 늘었다
없던 술버릇이 하나씩 늘어날 때마다
갈 수 없는 술집들도 하나씩 늘어난다
그저께는 친하게 지내오던 사채업자와 싸우고
어젯밤엔 학원 강사 하는 시인과 싸우고
오늘은 술병 때문에 일요일 하루를
낑낑 앓는 일에 다 바친다
억울하다 갈 수 없는 술집이 늘어날 때마다
없던 술버릇이 늘어날 때마다
그래도 다시 화해해야 할 사람들이 늘어날 때마다
나는 또 술 생각이 난다 맨 정신일 때
저항하지 못하는 것은 내 선량한 자존심
하지만 그들은 왜 하필 술 마실 때에만
인생을 가르치려는 것인가 술자리에서만
별안간 인생이 생각나는 것인가
억울하다 술 마실 때에만 불쑥 자라나는 인생이여
술에서 풀려나면 다시 모른 체 껴안고 살아버려야 할

적이여 술집이여 그 모든 안팎의 상처들이여
갈 수 없는 술집이 늘어날 때마다
나는 또 술 생각이 난다 슬슬
피해서 돌아가고 싶어진다

반성

하늘이 함부로 죽지 않는 것은
아직 다 자라지 않은 별들이
제 품 안에 꽃피고 있기 때문이다
죽음조차 제 품 안에서 평화롭기 때문이다
보아라, 하늘조차 제가 낳은 것들을 위해
늙은 목숨 끊지 못하고 고달픈 생애를 이어간다
하늘에게 배우자
하늘이라고 왜 아프고 서러운 일 없겠느냐
어찌 절망의 문턱이 없겠느냐
그래도 끝까지 살아보자고
살아보자고 몸을 일으키는
저 굳센 하늘 아래 별이 살고 사람이 산다

공무도하가

사람들 마을에 가기 싫더라
대숲에 푸른 달빛 먼 산이 흔들릴 때
어리석은 육신 뒤로 기러기 간다
혼자 사는 마음이야 술빛 같은 것
못 버린 목숨 한 잎 꽃밭에 주고
저무는 바람 소리 한평생이 취했으니
아하, 아직은 못 만난 사람이여
기다림이 다하면 큰 강 건너
한 천 년 뒤에라도 다시 만나자
거기 이름 버리고 피어나는 들꽃의 마음으로
한세상 떠돌다 돌아온
눈물 끝 청옥의 물머리로

두번째 나무 아래

나무 아래로 갔어요 두번째 나무
가벼운 외투처럼 새 어둠이 파르르 떠는 저녁이었
어요
백 년 만에 만난 여인의 입술 위에도 별이 뜨고
11월의 마지막 잎사귀들은 저항도 없이
바람의 체온을 데려다 몸을 허물고 있었지요
이런 저녁엔 무슨 약속인들 아름답지 않겠어요
백 년 만에 만난 여인과 백이십 년 동안이나
꽃핀 적 없는 내가 두번째 나무 아래서 만났는데요
우리는 빠르게, 서로의 자음과 모음을 꺼냈지요
성문이 닫히기 전에 약속의 말을 건네야 했거든요
평생 수염을 깎지 않는 유대교 제사장처럼
우리에겐 늘 지켜야 할 율법이란 게 있어요
낮에만 붉을 수 있는 첨탑에서 종이 울리기 전에
수비대에서 쏘아 올린 비둘기가 우리 눈알을 파먹
기 전에
돌아가야 해요 비록 거친 숨결이
우리의 발걸음을 놓쳐서 영영 따라오지 못한다 해도

어쩔 수 없어요 돌아가야만 해요

미리 준비해둔 주문을 외듯 그녀가 말했지요

백 년 동안 기다렸어요. 당신 꽃필 때까지

내 눈동자는 해가 되고 살가죽은 길이 되고 핏물은
강이 되어

봄을 불러다 드리겠어요. 두번째 나무 잎사귀들이

푸른 어둠에 몸을 다 빼앗겨버린 저녁이었어요

백이십 년 동안 봄을 건너지 못한 내 나이테들이

핑글핑글 피어올라 허공에서 심벌즈 소리를 내며
부서졌지요

그런데 우리 너무 서둘렀던 걸까요?

성벽에 부딪치는 사나운 종소리에 놀라

다시 만날 약속을 그만 빠뜨리고 말았어요

아마 나는 또 백 년쯤 기다려야 할지도 모르겠군요

백 년 만에 만난 여인이 봄을 가지고 사라져버렸으니,

두번째 나무 발등 아래 벌써 저렇게 깊은 겨울이

당도해 있는 걸 보니 말입니다

둥근 저녁

처갓집 뒷마당에서 군불 지피다
저녁연기 너머로 둥글게 사라지는
한 시절의 속절없는 기다림을 보았습니다
세상의 앞길을 떠나 뒷마당에 앉으면
모진 기다림조차 저렇듯 둥글어지는 것을

한때는 너무 많은 것을 그리워하고
너무 깊은 것을 가두면서 살았습니다
저 대숲 사이로 흘러드는 저녁연기처럼
생애의 물기에 무게를 버릴 수 있다면
이제 뜨거워진 빈방에 일없이 누워
둥글고 게으른 잠을 잘 수 있을까요

처갓집 뒷마당에 쪼그리고 앉아
나는 저녁 대숲이 건네는 안부 한 잎을
오래전에 잃어버린 별자리를 찾은 소년처럼
연기에 흐려진 눈시울 멀리 가슴에
둥글고 고요한 음성으로 쓸어안습니다

난독증

오마이뉴스 제호 옆에
모든 시인은 가짜다, 라고 씌어 있다

시인들이 뭘 잘못했길래
이 언론사는 힘도 없는 시인들을 향해
이토록 진지한 카피를 제공하고 있는가
싶어
머리가 복잡해지려는 순간

자세히 들여다보니
모든 시민은 기자다,
라고 씌어 있다

시인과 가짜가 얼마나 멀길래
시민과 기자가 얼마나 멀길래
내 시력은 그 사이에서 맘 놓고 길을 잃는가

유부남

당신이 결혼 따위 생각하지 않는 여자였으면 좋겠어 우리 그냥 연애만 하자 사랑이 현실에 갇히는 건 끔찍해 결혼은 천민들의 보험일 뿐이야 진부해 그냥 연애만 하자 서로의 눈을 바라보자구 구속하는 일 따위 구역질난다 서로의 사생활을 존중해야지 밤에 내게 전화하는 건 구속받는 기분이어서 싫더라 주말에 약속 잡는 사람들 정말 이해할 수 없어 정서적 난민 같아 주말엔 책을 읽고 음악을 들어야지 당신은 내게 뭔가 요구하지 않을 사람 같아서 참 마음에 들어 상대방을 배려하지 않는 사랑은 폭력이야 천박해 그러니 우리 쿨하게 연애하자구 참, 내가 전화 받기 곤란할 만큼 바쁜 사람이란 거 알지? 전화는 항상 내가 먼저 할게 사랑해 이런 느낌 처음인 것 같다 우리 좀 더 일찍 만날 걸 그랬지?

셀라비

불 꺼진 술집에 매달려 문 두드리는 술꾼처럼
재혼한 옛 부인 찾아가 그 낯선 갓난아기 앞에서
훌쩍훌쩍 울음을 쏟아내는 실직자처럼
계산 끝나자 얼굴조차 까맣게 지워버린 술집 여자
에게
밤마다 편지를 쓰는 시인 아무개처럼

인생이란 그런 것이다
깨달았을 땐 이미 늦은 것이다
미리 우산 들고 외출했다가
막상 비가 내리면 택시에 우산 두고 내리는 사람
처럼
선잠 깨고 일어나서 부리나케 등교하던 일요일 오
후처럼
죽은 나무에 물 주는 내 수상한 집념처럼

반가사유

다시 연애하게 되면 그땐
술집 여자하고나 눈 맞아야지
함석 간판 아래 쪼그려 앉아
빗물로 동그라미 그리는 여자와
어디로도 함부로 팔려 가지 않는 여자와
애인 생겨도 전화번호 바꾸지 않는 여자와
나이롱 커튼 같은 헝겊으로 원피스 차려입은 여자와
현실도 미래도 종말도 아무런 희망 아닌 여자와
외항선 타고 밀항한 남자 따위 기다리지 않는 여자와
가끔은 목욕 바구니 들고 조조영화 보러 가는 여자와
비 오는 날 가면 문 닫아 걸고
밤새 말없이 술 마셔주는 여자와
유행가라곤 심수봉밖에 모르는 여자와
취해도 울지 않는 여자와
왜냐고 묻지 않는 여자와
아,
다시 연애하게 되면 그땐
저문 술집 여자하고나 눈 맞아야지

114

사랑 같은 거 믿지 않는 여자와
그러나 꽃이 피면 꽃 피었다고
낮술 마시는 여자와
독하게 눈 맞아서
저물도록 몸 버려야지
돌아오지 말아야지

거룩한 화해

어금니 빠지고 서너 달 지나자
얼굴의 비례가 달라졌다
한쪽은 부처고 한쪽은 예수다
해탈과 수난의 거리
이 끝에서 저 끝으로 이어진 거리가
얼굴 하나의 윤곽에 맞물려 있다

이제 나는 울어도
한쪽에선 해탈이고
한쪽에선 수난이다

해탈의 한쪽으로 울고
수난의 한쪽으로 웃는다

술 마시고 카아,
인상 쓸 때마다
부처는 해탈의 인상으로
예수는 수난의 인상으로

안주 접시를 노려본다

어금니 하나의 순교가 데려온
이 거룩한 화해!

너무 아픈 사랑

동백장 모텔에서 나와 뼈다귀 해장국집에서
소주잔에 낀 기름때 경건히 닦고 있는 내게
여자가 결심한 듯 말했다
너무 아픈 사랑은 사랑이 아니었다,
라는 말 알아요? 그 유행가 가사
이제 믿기로 했어요.

믿는 자에게 기쁨이 있고 천국이 있을 테지만
여자여, 너무 아픈 사랑도 세상에는 없고
사랑이 아닌 사랑도 세상에는 없는 것
다만 사랑만이 제 힘으로 사랑을 살아내는 것이
어서
사랑에 어찌 앞뒤로 집을 지을 세간이 있겠느냐

택시비 받아 집에 오면서
결별의 은유로 유행가 가사나 단속 스티커처럼 붙
여오면서
차창에 기대 나는 느릿느릿 혼자 중얼거렸다

그 유행가 가사,

먼 전생에 내가 쓴 유서였다는 걸 너는 모른다

치타

전속력으로 달려가 톰슨가젤의 목덜미를 물고
숨을 헐떡거리고 있는 치타를 보면

먹이를 물고 나무에 오를 힘마저 탕진한 채
하이에나 무리에게 쫓겨 주춤주춤
먹이를 놓고 뒷걸음질 치는 치타를 보면

주린 배를 허리에 붙인 채 다시 평원을 바라보는
저 무르고 퀭한 눈 바라보면

쉰 살 넘어 문자 메시지로
전속력으로 해고 통보받은 가장을 보면
닳아 없어진 구두 뒷굽을 보면

거울을 보면

사람의 나날

우리끼리만 아는 하루를 남겨두는 것이었다 우리 약속의 언어는 지상의 것이 아니니 해가 뜨고 불이 꺼지고 머리 검은 사람들이 돌아오는 세상에선 한 소리도 입과 귀를 지나치지 못할 것들이었다 여기서 나날들은 짧고 무성했으므로 사람의 언어로 꽃을 피우는 일이 은혜로울 수 없었다 어떤 떠돌이 하늘의 영광도 이룩할 수 없었다 그러므로 약속의 피로 사람을 씻고 불꽃의 파란 혀로써 먼 별의 언어를 지었던 것이라 이는 우리 약속의 순결함을 가장 높은 곳에서 증거하고자 함이었다

그러나 날마다 날이 저무는 사람의 육신 안에서 한 슬픔도 끄지 못할 나날들이 이리 길 것을 몰랐다 사람의 언어만으로 온전히 사람의 슬픔을 슬퍼하게 될 줄 몰랐다 아직은 지상에 머문 그대여, 먼 별의 약속한 평 허물어서 시방 허물어진 내 가슴에 젖은 발음을 기대어다오 사람의 언어로 뭉게뭉게 피어나 단 하루라도 좋을 사람의 나날을 지나가고 싶다

계급의 발견

술이 있을 때 견디지 못하고
잽싸게 마시는 놈들은 평민이다
잽싸게 취해서
기어코 속내를 들켜버리는 놈들은 천민이다
술자리가 끝날 때까지
술 한 잔을 다 비워내지 않는 놈들은
지극한 상전이거나 노예다
맘 놓고 마시고도 취하지 않는 놈들은
권력자다

한 놈은 반드시 사회를 보고
한두 놈은 반드시 연설을 하고
한두 놈은 반드시 무게를 잡고
한두 놈은 반드시 무게를 잰다

한두 놈은 어디에도 끼어들지 못한다
슬슬 곁눈질로 겉돌다가 마침내
하필이면 천민과 시비를 붙는 일로

권력자의 눈 밖에 나는 비극을 초래한다
어디에나 부적응자는 있는 법이다
한두 놈은 군림하려 한다
술이 그에게 맹견 같은 용기를 부여했으니
말할 때마다 컹컹, 짖는 소리가 난다

끝까지 앉아 있는 놈들은 평민이다
누워 있거나 멀찍이 서성거리는 놈들은 천민이다
먼저 사라진 놈들은 지극한 상전이거나 노예다
처음부터 있지도 않았고 가지도 않은 놈은
권력자다
그가 다 지켜보고 있다

생존법

하지 말라는 것만 골라서 한다 가령 내 친구 청명 한의원 엄익희 원장이 약 먹는 동안 술 먹지 마세요, 하면 짬뽕 국물에 소주 마시고 대학로 마리안느 가서 2차로 흑맥주 마신다 술 마실 때 옛날 애인이 제발 안 주 좀 먹어가면서 마셔, 라고 말하는 순간 안주 접시 가 보이지 않는 이적을 경험하고 할렐루야, 아내가 새벽 기도 가자고 하는 날부터 새벽에 귀가한다 하지 말라는 것만 골라서 한다 하라는 대로만 하면 여기가 인쇄소 식자공 작업장도 아니고 하라는 대로만 하면 내 인생이 내 인생인가 인생이란 그런 것이 아니다 하지 말라는 것만 골라서 하다 보면 나는 반짝이는 외로움과 자주 만나게 되고 길의 맨 가장자리로만 걷 게 되고 그래도 먹고살기 위해 직장은 자주 바뀌고 봄에 집에서 출근했는데 갑자기 해고 통지서 받은 오 후에 눈발이 흩날리기도 하는 것이다

하지 말라는 것만 골라서 한다 하라는 대로만 하는 놈들은 오징어 꽁치 고등어 멸치 들처럼 삽시간에 한

그물에 잡혀들게 된다고 나는 생각하는데 한번 생각해보라 하지 말라는 것만 골라서 하는 오징어 꽁치 고등어 멸치가 대오를 이탈해 제멋대로 쏘다니는 편이 그나마 그 무지막지한 그물에 일망타진되는 수모를 조금이라도 면할 수 있지 않겠나 누가 나를 세상에 던져두고 하라는 대로만 하라고 충고 충언 충심으로 권고하는지 나는 하지 말라는 것만 골라서 할 때마다 지느러미가 솟아나고 하필이면 사람이 되고 싶었던 벰 베라 베로 요괴인간 삼형제가 생각나고 금방 고단해져서 텔레비전 끄고 어서 애국가 부르고 물구나무서러 가고 싶다

聖 삶

삶이 나를 이토록 사랑하사
오늘도 나를 찾아오셨다
삶만이 기억해주는 내 삶의 지극한 변방
재활용 화장지처럼
아무것에나 몸 바쳐 다시 헌것이 된 내게
삶은 늘 새것을 베푸신다

날마다 잘 닦여진 삶을 타고
다시 멀리로 몸 버리러 다녀오는 삶
부러진 우산살처럼
쓸모없어진 삶에 기대 울고 있을 때
삶은 저 높은 곳으로 나를 데려가
낮은 곳의 별들을 보여주신다

더럽혀질 수 있는 삶이란
처음부터 없는 것
새로워질 수 있는 삶조차 처음부터 없는 것

살아 있음으로 전부를 용서받고
살아 있음으로 이미 다 이룩한 것이 삶이라고

지상의 언어가 닿을 수 없는 곳으로 나를 불러내
독생자처럼 가만가만 내 어깨를 두드리신다
일흔에 일곱 번 더 두드리신다

겨울의 변방

겨울에는 오랜 잠을 잘 수 없었다 머리맡까지 바다가 밀려와 있었다 파도 소리 갈매기 소리 곁으로 방금 국경을 넘어온 열차가 검은 기적 소리를 내려놓기도 하였다 나는 그 소리들을 견디느라 혼자서 우웅우웅 낡은 기계 소리를 만들며 더 낡고 허약한 뼈와 현실 사이를 떠돌았다 발목이 빠르게 닳아갔다 지붕이 잘 마르지 않는 날들이었다

내가 아는 시인들은 모두 깊은 병을 얻었거나 실직을 했다 버스가 다니지 않는 동네에 살았으므로 쉽게 만나러 갈 수 없었다 비둘기나 되었으면 좋았겠다고 천장 무늬를 헤아리며 나는 자주 스스로에게 말을 걸었다 책에서 읽은 말들을 잃고 싶지 않았기 때문에 지중해에 있는 우체국으로 엎드린 채 편지를 쓰기도 했다 젊고 야윈 우편배달부가 돌아와 이마를 짚어줄 것 같았다

가끔 돈이 생기면 길 꼭대기에 있는 중국인 마을에

갈 수 있었다 낮술을 마시며 창밖으로 아무렇게나 쏟
아져 있는 집들을, 아직 나처럼 철거를 간신히 모면
하고 있는 골목들을 오래도록 바라보기도 했다 그러
면 나는 곧 불행해지기도 행복해지기도 하는 것이어
서 해가 지는 시간까지 혼자서도 잘 견딜 수 있었다
그러나 해가 져도 혼자였기 때문에 결국은 바라보기
를 멈추고 흔들리다 기슭을 붙잡고 돌아올 뿐이었다
깊이 취해도 동행이나 친구가 생겨나 주지는 않았다

　누구에게도 내가 견디는 소리를 잘 설명해줄 수 없
었다 가령 머리맡에서 출렁이는 파도 소리 갈매기 소
리 같은 것과 검은 기적 소리를 내려놓는 열차 같은
것과 국경에 내리는 눈발 같은 것, 그리고 내가 기다
리는 발소리 같은 것, 그런 것들에 대해서 들어줄 수
있는 사람이 있지 않았으므로 나는 오지 않는 꿈과
빨리 사라지는 희망에 대해서조차 나에게 설명하는
일로 밤을 보냈다 자꾸만 가벼워지는 뼈만큼 세상의
외투가 무거웠다 누구에게도 말을 건넬 수 없었다 겨

울을 건너는 지구마저 내가 견디는 소리들 곁에서 오
랜 잠을 빼앗기고 있었다 지구와 내가 함께 겨울의
변방을 견디는 중이었다

가족의 힘

애인에게 버림받고 돌아온 밤에
아내를 부둥켜안고 엉엉 운다 아내는 속 깊은 보호
자답게
모든 걸 다 안다는 듯 등 두들기며 내 울음을 다 들어
주고
세상에 좋은 여자가 얼마나 많은지
세월의 힘이 얼마나 위대한 것인지
따뜻한 위로를 잊지 않는다
나는 더 용기를 내서 울고
아내는 술상까지 봐주며 내게 응원의 술잔을 건넨다
이 모처럼 화목한 풍경에 잔뜩 고무된 어린것들조차
아빠 힘내세요. 우리가 있잖아요. 노래와 율동을 아
끼지 않고
나는 애인에게 버림받은 것이 다시 서러워
밤늦도록 울음에 겨워 술잔을 높이 드는 것이다
다시 새로운 연애에 대한 희망을 갖자고
술병을 세우며 굳게 다짐해보는 것이다

구멍經

태초에 구멍이 있어 세상에 없는 힘, 세상에 없는
크기로 자재하도다 비가 오지 않아도 꽃이 피고 버스
가 오지 않아도 갈 데까지 가는 구멍, 검고 붉은 것으
로 물기를 머금어 삿된 향기를 짓지 아니하고 대낮같
이 환하지만 실은 대낮 이전부터 빛을 만들어 스스로
대낮을 밝히도다 포르노 켜놓고 수음하는 남자의 구
멍을 들여다보며 쯧쯧쯧, 구멍에 색과 공의 경계가
있겠느냐 민망히 이르고는 세상의 구멍을 굽어보는도
다 하룻밤에 아홉 번 팔고 돌아온 여자의 구멍을 탓
하지 아니하고 화장실에서 아이 낳는 구멍, 친구 딸
에게 돌아가며 입장하는 구멍, 카메라 설치해놓고 숱
한 구멍의 배설을 훔쳐보는 구멍, 프리미엄 얹어 온
라인으로 팔리는 구멍, 한낮에 여관으로 가는 구멍,
근친에게마저 친절한 구멍, 이 구멍에서 저 구멍으로
부지런히 옮겨 다니며 먹이를 구하는 딱다구리를 그
너른 구멍 안에 놓아 기르는도다 긍휼히 여기는도다
그러나 일찍이 모든 구멍에 눈금을 그려두고 그 끝을
물끄러미 지켜보는도다 대저 모든 구멍의 끝은 구멍

이라고, 거기서 여기까지 머지않다고, 제 구멍에 구
멍을 쑤셔 박고, 쓸쓸히, 중얼거리는도다 아움

나무들은 살아남기 위해 잎사귀를 버린다

나무들은 살아남기 위해 잎사귀를 버린다
친구여 나는 시가 오지 않는 강의실에서
당대의 승차권을 기다리다 세월 버리고
더러는 술집과 실패한 사랑 사이에서
몸도 미래도 조금은 버렸다 비 내리는 밤
당나귀처럼 돌아와 엎드린 슬픔 뒤에는
버림받은 한 시대의 종교가 보이고
안 보이는 어둠 밖의 세월은 여전히 안 보인다
왼쪽 눈이 본 것을 오른쪽 눈으로 범해버리는
붕어들처럼 안 보이는 세월이
보이지 않을 때마다 나는 무서운 은둔에 좀먹고
고통을 고통이라 발음하게 될까 봐
고통스럽다 그러나 친구여 경건한 고통은 어느
노여운 채찍 아래서든 굳은 희망을 낳는 법
우리 너무 빠르게 그런 복음들을 잊고 살았다
이미 흘러가버린 간이역에서
휴지와 생리대를 버리는 여인들처럼
거짓 사랑과 성급한 갈망으로 한 시절 병들었다

그러나 보라, 우리가 버림받는 곳은 우리들의
욕망에서일 뿐 진실로 사랑하는 자는
고통으로 능히 한 생애의 기쁨을 삼는다는 것을
이발소 주인은 저녁마다
이 빠진 빗을 버리는 일로 새날을 준비하고
우리 캄캄한 벌판에서 하인의 언어로
거짓 증거와 발 빠른 변절을 꿈꾸고 있을 때 친구여
가을 나무들은 살아남기 위해 잎사귀를 버린다
살아 있는 나무만이 잎사귀를 버린다

탐색

거울 속에 낯선 사내의 얼굴이 자주 나타난다
선이 분명하지 않은 주름과
중심에서 벗어나 윤곽을 놓쳐버린 눈동자
중얼거리다 들킨 것처럼 가지런하지 못한 입술은
그가 세상을 얼마나 모질게 달려왔으며
또한 얼마나 많은 거절에 겁먹어 있는 사람인가를
잘 보여준다
나약함을 들키지 않기 위해
턱을 잡아당기고 눈을 치켜뜬 채
재빨리 안으로 도사리곤 했던 버릇은
눈썹과 눈썹 사이에 숨길 수 없는 바코드를 새긴다
종이배를 펼쳐서 다시 비행기를 접은 것처럼
일부러 힘을 가장한 눈매는 결국 그 불안을 들킨다
가늘고 긴 목을 지탱하면서도 과장되게 굽어진 어
깨는
그가 실은 처음부터 세상에 맞설 만한 용기도
무기도 없었던 사람이란 것을 잘 말해준다
그럼에도 불구하고 때로 깊은 말을 하고

하고 싶은 말만을 하고 싶었던 사람답게
그의 입술은 혼잣말에 길들여져 속으로만 뾰족한
입술을
한 개 더 깨물고 있다 지구가 도는 소리와
바람이 불어가는 소리는 다른 것이다

대질심문하는 초범의 피의자처럼
한눈에 모든 것을 들켜버리는 저 사내
나타날 때마다 새롭게 낯설어져서
왼쪽과 오른쪽을 잃어버린 채 주춤거리다가
손에 들었던 칫솔을 안주머니에 꽂은 채 갸우뚱 사
라지는
발소리 어쩐지 너무나 익숙해서
들킨 듯 어쩔 줄 몰라 하는 사내 하나
황급히 거울을 빠져나오고 있다

당신의 처음인 마지막 냄새의 자세

당신은 참 많은 냄새를 내게 주었다 어떤 비 오는 날은 당신 냄새 너무나 자명해서 나는 그것이 눈에 보이는 것이라고 믿을 정도였다 아니면 빗소리였나 작은 옛날의 아이들이 갈색 구두를 신고 사라지는 소리 같은 것

엎드려 울거나 웃을 때, 당신은 왜 그 자세를 좋아 했는지 가령 앵무새가 거꾸로 매달려 있는 자세 따위 가 어떤 불안에 위로가 되어줬는지 모르지만 그때 받 은 냄새는 꽤 오래도록 기억에 남는다 어떤 자세든 냄 새로 기억된다는 것은 오랜 뿌리를 심었다는 뜻이다

몸을 벌리고 큰 나무 구멍처럼 내다볼 때 마침 간 신히 성숙한 밤꽃 냄새 같은 것도 물론 기억난다 하 지만 그건 당신이 준 냄새보다 깊은 것은 아니었으니 까 친절한 미래라거나 무례한 인생 같은 말들을 굳이 떠올리지는 않았다

냄새가 키우는 꽃을 따라가면 곧 신비하고 슬픈 내
부에 다다르게 된다 당신과 나, 아주 저물기 전에 기
왓장이든 무지개든 붙들고 결국 돌아가지 않을 수 없
었을까 물 앞에서 흐린 침대 위에서 당신은 힘껏 알
약처럼 부서져 거듭 처음인 냄새에 휩싸여 있곤 했다
그건 말하자면 지구의 이 끝과 저 끝으로 이어진 우
물처럼 깊은 것이었다

당신의 처음인 냄새를 나는 늘 마지막으로 간직할
뿐이어서 처음과 마지막이 한몸으로 비틀리는 자세의
닿을 수 없는 냄새를 영원히 당신 것으로 기억한다
내게 다녀간 그 숱한 것들 가운데 당신밖에 나를 이
끝까지 데려다 놓은 처음은 없다

쉽고 깊은

그 겨울이 다 아물기 전에
나는 한 애인을 잊었다
술집에서 계단에서 여관에서 길에서
다른 여자와 쉽게 키스할 수 있었다
입술이 지나가고 젖은 혀가
새로운 거짓말을 프렌치 스타일로 깊숙이
준비하는 동안 한 애인은 눈송이처럼
녹아주었다 겨울엔 더러
눈도 내리는 법이었으니까 내린 눈은
결국 녹는다는 것을 잘 알 수 있었다
내가 떠돌며 한 애인을 다 잊는 사이에
겨울은 집요한 기억력으로 내 상처 위에
우울과 잦은 일몰의 무게들을 데려다주었다
이 나라의 겨울을 아주 지워버릴 수 없어서
가다 보면 한 애인의 집 앞에 가로등이
파랗게 켜져 있는 걸 확인할 수 있었다
그러면 나는 곧 안심이 되어서
내가 잊은 한 애인의 집 앞을 지나 술집으로

계단으로 여관으로 다시 길 위로
다른 여자와 키스하러 갈 수 있었다 쉽게 깊이
한 애인이 눈송이처럼 녹아주는 밤과
낮과 겨울 위로 또 눈이 내렸다

더 나은 삶

내가 만약 지붕이 새지 않는 구름과 흔들리면서
멀리 가는 사랑 붙들지 못해 몸 버리면서
죽지 않은 사람 그리워하다 술집에서
돌아와 어떤 상처 때문에 울기도 하고
봄비의 나날이나 따스한 은둔을 향해 나아가는 여
러 개의
영혼을 가졌더라도
삶에서 내 영혼을 가둔 집 오직 하나뿐이었다
아직 오지 않은 것들이여

내 이 별에 오직 견디는 힘으로 살다 가려고 온 것
아니다

과거를 (   )하는 능력

   그동안 내 여자를 조립식 침대처럼 눕혔다 엎었다
앉혔다 잘 길들여준 남자들에게 감사드립니다 덕분에
나는 따로 소시지며 채찍 따위 쓸 것도 없이 경전에
나오는 온갖 체위들을 실천할 수 있었습니다 바야흐
로 내 여자를 (   )처럼 (   )게 어루만지다 마침내
빈번한 철길 삼아 지나간 남자들이여 개찰구 앞에서
시간표를 보는 남자들이여 오늘도 기차가 오는 길 옆
에 꽃이 피고 날이 저물어 나 또한 감미로운 여행길
에 몸을 내려놓습니다 (   )주셔서 고맙습니다

통속미 혹은 존재의 희비극

최 현 식

　류근 시인의 고백처럼 "사랑한다고, 그립다고 말할 수 있는 사람이 존재하지 않는" 곳, 이 절대적 부재의 공간은 당연히도 "진정한 지옥"(「시인의 말」)이다. 그러나 이곳은 자아의 경험의 편차, 절망과 허무의 언어적 밀도, 이 모든 것을 습합하는 영혼의 움직임에 따라 전혀 다른 풍경을 생산한다. 누군가는 신의 절대성에 또 주눅 들고 누군가는 세계의 얄궂은 부조리에 치를 떨며, 누군가는 막막한 외로움에 눈물을 훔치고 누군가는 돌연 희희덕대며 위악을 떤다. 이 쓸쓸한 영혼들의 상처는 타자에 의해 가감될 수 없는 고유한 것이란 점에서 철저히 단독자의 형식이다. 이것의 기원과 흐름을 적절하게 파지하지 않은 채 수행되는 저 지옥들에 대한 섣부른 판단과 규정은 따라서 무례하고 폭력적일 수 있다. "모든 슬픔은 함부로 눈이 마주치는 순간/

삼류가 된다"(「어떤 흐린 가을비」)는 감상투의 고백이 묵직한 진정성을 단번에 획득하는 것도 이 때문이다.

삼류든 넘버 쓰리든 이른바 클래식과 정통의 지위에서 늘 미끄러지고 추방될 수밖에 없는 주변부의 삶에 들러붙는 클리셰 하나를 꼽으라면 통속을 빼놓을 수 없다. 通俗. 세상에 널리 통하는 것이란 원래의 뜻은 가뭇없이 사라지고 저속한 흥미와 취미 위주의 행동과 정서를 일컫는, 아니 비꼬고 야유하는 말로 흘러온 게 그것이 지나온 길이다. 그런 까닭에 통속은 거의 예외 없이 비극이나 희극 어느 한쪽으로 기울지 않고, 누구나 견디고 즐길 만한 '달콤 쌉싸름한' 희비극을 연출한다.

대중성과 흥미성의 전일적 결합은 통속의 집단적 소비와 유행을 일상화했다. 하지만 이것은 통속이 상영하는 희비극tragicomedy 특유의 어떤 것, 그러니까 존재의 비극적인 공허함과 무의미함에 직면할 때 터져 나오는 일그러진 웃음이나 코믹한 비애 등에 대한 신중한 접근과 해석을 가로막는 불행한 안전장치로 미끄러지는 길이기도 했다. 과연 유희의 대상이지만 삶의 모델이어서는 안 된다는 금지의 냉랭함은 우리들에게 통속의 추악성을 부단히 증강시켜왔다. 최근 통속성이 위반의 상상력을 실현하는 주요 지점의 하나로 떠오르는 추세는 아마도 이런 억압적·왜곡적 단면에 대한 집단적 거부 및 반발과도 밀접히 연관되어 있을 것이다.

진실로 사랑한 사람과 작별할 때에는

가서 다시는 돌아오지 말라고

이승과 내생을 다 깨워서

불러도 돌아보지 않을 사랑을 살아가라고

눈 감고 독하게 버림받는 것이다

단숨에 결별을 이룩해주는 것이다

—「獨酌」부분

별리의 정한은 버림받음과 결별을 독하게 자청함으로써 속되지 않고 오히려 숭고해지는 듯하다. 그러나 이런 극적 수동성이야말로 통속성의 대표적 형상이 아니던가. 만해의 어떤 시들에 가득한 통속성을 구원한 것이 절대 존재와 미의 지향이었다면, 시적 자아의 통속성을 상쇄하는 것은 단연 잠언적 언술, 그러니까 극한의 슬픔을 은폐하고 억압하는 말의 기술이다. '獨酌'이란 물리적 현실을 생각하면, 이 반듯한 말의 질서는 차라리 코믹하다. 자아의 담대한 정서는 그래서 개방적이기는커녕 세밀하게 조절되고 세련되게 은폐된 폐쇄적 성질의 것으로 읽힌다("더 갈 데 없는 혼자였다"(「極地」)는 육체적·정신적 고립감이 류근의 삶과 시를 지탱하는 동시에 뒤흔드는 주요 원리임을 각별히 기억하라).

오독을 무릅쓰고 「獨酌」에 정서 조작의 혐의를 던져보

는 것은 류근의 칫 시집 『상처적 체질』이 통속성의 전면화와 이것의 지연적(遲延的) 잠재화를 통해 존재와 세계의 희비극을 가로지르고 있다는 판단 때문이다. 이런 의미에서 류근의 시는 통속의 재현이 아니라 통속미의 표현이며, 절망과 패배의 서글픈 유희가 아니라 희망과 사랑의 절실한 되찾음에 가깝다. "사람의 언어로 뭉게뭉게 피어나 단 하루라도 좋을 사람의 나날을 지나가고 싶"(「사람의 나날」)은 그에게 통속미는 가장 진지하고도 가장 가볍게 타자와 새로운 세계를 향해 스며드는 일종의 방법적 사랑인 것이다.

> 보채다 돌아누워
> 결국 혼자 수음하는 여자 곁에서
> 달을 바라봤다
> 달나라
> 국경도 전쟁도 없이
> 달 하나의 이름으로 빛나는
> 저 유구한 통일국가
> 속살만 남아서
> 시인도 술꾼도 소녀도 여우도
> 관음의 실눈을 뜨게 하는
> 위대한 포르노그래피   ──「달나라」부분

「달나라」는 회한과 냉소, 비애와 그리움이 만연한 어떤 시기의 시와 달리 이상적 세계를 향한 통합적 상상력에 충실하다. 시집에 누벼진 서사적 완결성의 견지에서 본다면, 「달나라」는 비교적 근래의 시일 것이다. 세계의 존재 방식을 어딘지 음습하면서도 생산적인 양가성의 '구멍'으로 통찰하는 「구멍經」과 함께 선정성 혹은 섹슈얼리티의 그림자가 완연한 시편이다. 본원적 세계 달나라는 위대한 에로티즘으로서 포르노그래피가 절찬리에 상영되는 외설 극장인데, 정사 후 여자의 수음 과정에서 발견된다는 상상은 그러므로 정당하다. 달나라는 통속성과 관음증의 대상으로 세속화됨으로써 오히려 동화 속 달나라를 뛰어넘는 서사시적 공간으로 거듭나는 셈이다.

짐작컨대 「달나라」의 통속미는 『상처적 체질』에 종종 보이는 선적(禪的) 사유와 구도의 결실일지도 모른다. 추와 통속을 세계의 파괴와 절멸에 접속시키는 대신 열락과 통합의 원리로 전유한다는 것, 그것을 비정상적이며 병리적인 포르노그래피로 은유한다는 것은 무엇보다 기존의 세계 이해 및 관념에 대한 거부이다. 세계와 존재에 대한 말 그대로의 통속적 인지를 가장 치욕스럽고 불결한 통속물로 초극한다고나 해야 할까. 이 위반의 상상력을 통해 달나라는 이제 인간의 미래가 스스로 점치고 욕망하는 의외의 성전(聖殿/性殿)으로 우리 앞에 주어지는 것이다.

나는 류근의 시에서 통속미를 먼저 주목했지만, 혹자는

연정 가득한 사랑의 밀어와, 이제는 과거가 되어버린 그것들에 대한 절박한 그리움을 먼저 느낄지도 모르겠다. "추억에는 온종일 비가 내리네"(「추억에는 온종일 비가 내리네」), "너무 아픈 사랑은 사랑이 아니었다"(「너무 아픈 사랑」) 등의 눅눅한 언어는 연민과 애상에 대한 호소력은 물론 우리들 사랑의 추억마저 되돌아보게 하는 감염력을 강력히 내장하고 있다.

그러나 당신과 나는 류근의 사랑의 추억과 그리움의 밀도를 제대로 측정하기 위해서는 회한이 짙게 잦아드는 기억의 문법을 주목해야 한다. 충만보다는 상실과 결락, 별리로 가득 찬 기억의 성질이야말로 그의 시 세계를 낭만적 경향으로 흐르게 하거니와, 그에 따른 애수와 그리움을 '누구나' 경험했을 법한 공동의 통속미로 심미화하는 진정한 힘이다(인터넷의 정보를 신뢰한다면, 고 김광석이 부른 애틋한 연가 「너무 아픈 사랑은 사랑이 아니었음을」은 류근의 시를 가져간 것이다. 하지만 이 시는 『상처적 체질』에 실리지 않았다. 다만 류근은 「너무 아픈 사랑」에 노래가 된 시의 일절을 담는 한편, "그 유행가 가사,/먼 전생에 내가 쓴 유서였다는 걸 너는 모른다"라고 적고 있다. 시인은 자신의 시와 삶을 이토록 냉철하게 들여다보고 있다. 여기서도 통속미가 자아와 세계를 아프게 껴안는 방법적 사랑이자 어떤 절대적인 것을 휘감아 돌기 위한 감각적 전략임이 드러난다).

1) 내가 간직한 상처의 열망, 상처의 거듭된/폐허,/그런
   것들에 내 일찍이/이름을 붙여주진 못하였다
                                    ─「상처적 체질」 부분
2) 나는 썩지 않기 위해 슬퍼하는 것이 아니다/살아서 남
   김없이 썩기 위해 슬퍼하는 것이다
                                    ─「벌레처럼 울다」 부분
3) 살아오는 동안 나는/내가 사랑하는 것들로부터 거의
   언제나/일방적으로 버림받는 존재였다
                                    ─「極地」 부분

　우리는 류근의 상처와 영혼의 폐허가 어디서 기인했으
며 또 어떻게 적층된 것인지 모른다. 연애의 언술은 일종
의 가면처럼 느껴지기 때문에 누구나 상상할 법한 '러브 어
페어Love Affair'의 뼈아픈 결과물은 아닐 듯하다. 비교적
그의 과거사가 담담하게 서술된 「86학번, 황사학과」와
「86학번, 일몰학과」 등을 참조한다면, "폭력보다 더 아픈/
희망의 언어들"의 일상적 부재, "희망의 언어"의 복원과
도래를 열렬히 욕망했으되 "습관적으로/힘을 발휘하는 것
같"은 또 다른 공식적 '문학과 혁명'의 창궐이 그의 니힐
리즘을 충동하고 심화하는 결정적 요인이 아니었을까. 언
어와 이념의 패배 혹은 타율적 몰수가 "어차피 감상이란 아
무런 것에도/무기로 쓰일 수 없을 것, 이라고"(이상 「86학
번, 황사학과」) 쓰게 했던 것이다.

하지만 1992년 등단 이후 거의 20여 년 만에 미학적·사회적 귀환을 공식화한 『상처적 체질』은 처량하게 용도 폐기한 '감상'이 오히려 힘이었고 앞으로도 그럴 수 있음을 고지하는 역설적 텍스트이다. 류근은 '감상'의 힘을 대중의 감각에 의지한 통속미와, 비극과 희극의 기우뚱한 균형 속에서 인간사의 본질을 통찰하는 희비극에서 발견한 듯싶다. 여기서의 희비극은 서사의 성격 못지않게 상처와 폐허를 감싸고 초극하는 둥근 언어의 서정적 태도와 감각 역시 포괄하는 개념이다. 과연 시인은 "이제 나는 울어도/한쪽에선 해탈이고/한쪽에선 수난이다"(「거룩한 화해」)라고 고백하고 있다. 어쩌면 우리는 일체의 관계 단절보다 무수한 무관계의 관계에 의해 더욱 좌절하고 고통받는지도 모른다. 하지만 시인은 강제 할당된 "이 거룩한 화해"(?)를 운명의 버팀목으로 또 시의 울림통의 하나로 적극화함으로써, "과거를 ( )하는 능력"(「과거를 ( )하는 능력」)은 물론 이 능력을 폐허화된 세상을 살아내는 예지로 선취하는 듯하다.

냄새가 키우는 꽃을 따라가면 곧 신비하고 슬픈 내부에 다다르게 된다 당신과 나, 아주 저물기 전에 기왓장이든 무지개든 붙들고 결국 돌아가지 않을 수 없었을까 물 앞에서 흐린 침대 위에서 당신은 힘껏 알약처럼 부서져 거듭 처음인 냄새에 휩싸여 있곤 했다 그건 말하자면 지구의 이 끝과 저

끝으로 이어진 우물처럼 깊은 것이었다

　　당신의 처음인 냄새를 나는 늘 마지막으로 간직할 뿐이어
서 처음과 마지막이 한몸으로 비틀리는 자세의 닿을 수 없는
냄새를 영원히 당신 것으로 기억한다 내게 다녀간 그 숱한
것들 가운데 당신밖에 나를 이 끝까지 데려다 놓은 처음은
없다　　　　——「당신의 처음인 마지막 냄새의 자세」 부분

　류근의 기억은 찬란한 과거의 현재화보다 잃어버린 것
혹은 다다르지 못한 것에 대한 회한에 더 가깝다. 그것들
은 그러나 '당신'으로 불리고 고백의 형식에 얹힘으로써 아
연 따뜻해지고 보다 절실한 그리움으로 현상한다. '당신의
냄새'는 언제나 마지막 것, 곧 반복 불가능한 고유성과 일
회성의 존재라는 점에서 항상 절대 과거로 편재된다. 이와
같은 '당신의 냄새'의 에피파니적 현현은 세상의 문턱 너머
어딘가로 '나'를 데려가는 원초적 경험의 또 다른 형식이
다. 비록 내면의 사태이지만 이것은 늘 경험되고 현실화되
지 않으면 한갓 허상으로 사라져버리는 순간적인 것이다.
'나'의 밀어(密語/蜜語)는 그래서 절대 경험에 대한 예찬
이나 탄식이 아니라 차분하게 "내 기억의 눈밭에 길을 새"
(「길」)기는 성찰적 기록의 형식을 띠게 된다.
　이 기록들 가운데 유난히 강조되는 공간이 있다면, 평
화롭고 조용한 '꽃밭'과 '숲,' 그 안에 가로놓인 작은 길과

같은 식물성의 지대이다. 이 공간들은 '당신의 냄새' 특유의 아우라를 되살고 또 "삭정이 같은 추억이라도 한순간/독하게 끌어안아보는" 심미적 경험이 온전하게 실현되는 곳이다. 화려한 꽃들과 짙푸른 나무의 추억 대신 "입술을 적신 새 떼와 손금을 버린 사람들이 돌아오는 시간, 그 시간 끝에 매달려 있는 저 불온한 시계추들"(이상 「평화로운 산책」)에 대한 응시의 경험이 전면화되는 것도 이와 무관치 않다.

더구나 시인은 '지금·여기'를 "내가 사랑하기에 어울리지 않는 곳,"(「위독한 사랑의 찬가」) 다시 말해 자발적 소외의 공간으로 거리화하고 있다. 그러니 원초적 경험으로서 "내 안에 피어 나부끼던 안개의 꽃밭"(「무늬」)은 상실의 회한을 넘어 영원한 그리움의 대상으로, 지속적으로 미래화될 수밖에 없다. 부재하는 본원적 시공간을 어딘가에 편재하는 영원성으로 가치화하고 또 "단 한 번의 망설임도 없"(「길」)는 시적 행보의 도착지로 내면화하는 일이야말로 "과거를 ( )하는 능력"을 대표한다.

　　그리고 또 나는 분명히 기억한다 내가
　　허물고 나를 허물었던 숱한 벽들과
　　되돌아볼 때마다 소금 기둥으로 굳어버리던 발자국들 한 번도
　　이 지상에 꽃핀 적 없던 예언의 말씀들 위에

자주 쓰러져 발 묶여 울 때마다 꽃다지처럼
피어오르던 순은의 종소리를
무엇과도 바뀌지 않는 날들의 책갈피 안에
깊게 뿌리를 내리고 흘러가는 내 이름의
그 오랜 꽃말들을   ——「내 이름의 꽃말」 부분

"오랜 꽃말들"은 생애 최대의 풍경을 구성하는 유년기에
생산된 것, 아니 성년이 되어 그곳으로 문득 돌아감으로써
주어진 것이다. "순은의 종소리"로 울려 퍼지는 영광된 시
간과 어릴 적 풍성한 영혼은 그러나 특히 "죽은 누이"에의
지속적 기억이 가져온 "돌이킬 수 없는 회한의 입자들"을
뚫고서야 비로소 솟아오른 것이다. 보다 흥미로운 것은 그
의 영혼에 강력한 충격과 파장을 던진 "늦봄에 개철쭉보다
붉었던 누이와/꽃 꺾어 만들어준 누렁이(「길」에 보이는
"여섯 살 눈 내린 아침/개울가에서 죽은 채 발견된 늙은 개"
일 것이다—인용자) 무덤 위에 누우면/반짝이는 가방을
들고 마을로 찾아드는/다 저문 사내"가 있었다는 사실이
다. '사내'는 "내 헛간 같은 기억의 사진첩 안에 처음 꽂히
는/오, 최초의 아버지"(이상 「내 이름의 꽃말」)로 명명된
다는 점에서 예사롭지 않다. 그는 실존 인물일 수도 있고
아니면 그의 영혼에 문득 찾아든 시혼(詩魂)이나 예지적
각성을 상징하는 것일 수도 있다.
    죽음의 공포와 상실의 비극을 "예언의 말씀"과 "오랜 꽃

말들"의 부여를 통해 초극케 한 '사내'는 그러나 편재하는 동시에 부재하는 이중적인 존재임에 틀림없다. 사내가 늘 시인 곁에 존재했다면 청년기로 대표되는 언어와 이념의 패배도, 절대 세계를 향한 갈급한 원망(願望)도 그다지 존재하지 않았을 것이다. 오히려 그는 시인의 상상계를 순간순간 부유함으로써 시인을 고통 속에서 상징계로 들어서게 한 엄격한 예언자에 가깝지 않았을까. 진정한 예언자가 그러하듯이, 사내 역시 삶과 미학의 즐거움보다는 '살아지는/사라지는' 그것들의 비극과 위험을 더 경고하는 한편, 시인의 실패를 매섭게 추궁해왔으리라 믿기 때문이다. 가령 "지도에 없는 마을"을 찾아 끊임없이 헤매는 시인의 고통스러운 여정을 보라.

　　여기 별자리가 있어요. 이 별들이 당신에게 길을 데려다 줄 거예요. 머리카락을 땅에 박으며 그녀가 짧게 말했다 꽃들은 이미 시들어 있었고 그녀의 눈은 다른 하늘을 바라보고 있었다 나는 제자리에 멈춰 선 그녀에게 뭔가 말하고 싶었지만 어떤 말도 더 이상 내 입을 지나칠 수 없었다 그녀의 꽃들이 한꺼번에 후드득 떨어지는 순간 내 몸은 이미 별들이 데려다준 길을 따라 지도에 없는 마을 쪽으로 날아오르고 있었다 지도에 없는 마을은 결국 혼자서 가야 하는 마을이었다 바람도 나무도 꽃도 승냥이도 송사리도 따를 수 없는 깊은 곳이었다 　　　　　　　　　　──「지도에 없는 마을」 부분

지도는 무엇보다 현실의 지지(地誌)를 기호화한 것이지만, 다른 한편으로 현실에 부재한 이상향 혹은 가치와 관념을 아로새긴 불멸의 텍스트이기도 하다. 우리들의 어린 시절은 한때 보물섬 그리기로 점철되곤 했으며, 성년기 이후 자아의 기획은 늘 보다 나은 삶의 지표화(指標化/地表化)와 연동되어왔다. 그러나 우리들 대개의 관심은 세속적 관심에 따라 벌써 정해놓은 '별자리'의 정형화된 찾기에 그칠 뿐, 결코 "지도에 없는 마을의 마음이 되어 떠"도는 법이 없다.

그러나 류근 시인은 '별자리'의 세속적 나포에도, 혹은 일찍이 루카치가 말한 별자리를 따르는 황홀한 운명에도 비교적 무관심하다. '별자리'는 충실한 안내자는 될지언정 그것이 비춘 저 "깊은 곳"을 향한 이심전심의 동행자는 될 수 없다는 절대 고독의 토로가 도드라진다. 폐허화된 세계의 인식이 홀로 버려졌음에 대한 예민한 자각에서 출발되었듯이, 이 상실을 대체하고 보상할 희망의 원리 역시 냉철한 소외 의식에서 피어나고 있는 것이다. 시집 곳곳에서 날카롭게 출몰하는 자발적 소외 의식은 절대 세계와 절대 언어를 향한 시인의 열정과 욕망을 충실히 표상하는 예로 모자람 없다.

그럼에도 암암리에 풍겨 나오는 자아의 절대성은 한편으로는 사형수이자 사형집행자로서 시인의 이중성(보들레

르)에, 다른 한편으로는 내 안에서 타자의 흔적과 공존을
묻는 대화의 문법에 비교적 무심하다는 혐의를 자아낸다.
물론 '약속한 사람'의 부재는 자아의 단독성을 입증하는 그
럴듯한 알리바이일 수 있다. 그러나 그것이 타자와의 정서
적·사상적 연대를 멀찍이 미루며 '약속한 사람'의 실재를
영원히 유예할 만큼의 자기 지지물인가에 대한 판단은 조
심스럽게 유보할 수밖에 없다. 또한 그래서 과거의 성찰과
미래의 가능성을 괄호의 형식으로 기호화하고 통속미로 표
상한 다음 시의 상상력이 눈길을 끈다.

　　그동안 내 여자를 조립식 침대처럼 눕혔다 엎었다 앉혔다
　잘 길들여준 남자들에게 감사드립니다 덕분에 나는 따로 소
　시지며 채찍 따위 쓸 것도 없이 경전에 나오는 온갖 체위들
　을 실천할 수 있었습니다 바야흐로 내 여자를 ( )처럼 ( )
　게 어루만지다 마침내 빈번한 철길 삼아 지나간 남자들이여
　개찰구 앞에서 시간표를 보는 남자들이여 오늘도 기차가 오
　는 길 옆에 꽃이 피고 날이 저물어 나 또한 감미로운 여행길
　에 몸을 내려놓습니다 ( )주셔서 고맙습니다
　　　　　　　　　　　　　　　——「과거를 ( )하는 능력」 전문

　　류근 시인의 '오랜 꽃말들'의 미래를 엿보는 자리인 만
큼, '나'를 포함한 팔루스phallus 일반의 덜 떨어진 권력
에 대한 조롱의 쾌미는 일단 미뤄둔다. 세속의 현실을 감

안하면 ( )는 마땅히 가장 저속하고 충격적인 변태적 성행위, 그러니까 포르노그래피로 채워져야 할지도 모른다. 그러나 괄호야말로 폭력적인 '그들만의 리그'를 결박하고 해체하는 심문관의 형식이다. 따라서 시인과 마찬가지로 "지도에 없는 마을"을 독하게 꿈꾸는 우리의 임무는 ( ) 안의 내용을 상상하는 것이 아니라 아예 비워두거나 어떤 말들도 침입하지 못하는 침묵의 공간으로 남겨두는 일이다. 이 침묵을 서로 억압하거나 강요하지 않고 "아무렇게나 벗어놓아도 음악이 되는/황금의 시냇물 같은 것"(「첫사랑」)으로 흐르게 내버려둘 때 비로소 ( )의 세계는 "바람도 나무도 꽃도 승냥이도 송사리도 따를 수 없는 깊은 곳"(「지도에 없는 마을」)으로 화할 것이다.

벽을 열고 벽 속으로
길을 열어라
아흔아홉 번을 되돌아
태워버린 마음의 뿔 끝
지상의 어느 한 자국인들

길 아닌 곳 있을 것가 스스로 짓고
스스로 범한 뒤에 울던 그 경계 밖에서
큰 소리로 울어 더 큰 강물을 가리키던
서천의 별빛 하나 이마를 치네

何何, 온 곳도 가는 곳도 없이

마음 따라 불어가는 바람은 누구?

————「바다로 가는 진흙소」 부분

"소리에 놀라지 않는 사자와 같이 그물에 걸리지 않는
바람과 같이 흙탕물에 더럽혀지지 않는 연꽃과 같이 무소
의 뿔처럼 혼자서 가라"(『숫타니파타』). '진흙소'의 행보는
필시 무소의 그것일 것이다. 미숙한 청춘의 떠돎이 일탈과
위반의 열정, 즉 사로잡힘이라면, 성숙한 영혼의 떠돎은
무욕과 무경계의 냉정함, 즉 자유이다. "벽을 열고 벽 속
으로/길을" 여는 존재에게 모든 것은 의미로운 동시에 무
의미하다. 『상처적 체질』에서 통속과 낭만의 어법이 천연
덕스럽게 구사되는 것도, 깊이에의 강박이 크게 엿보이지
않는 것도 시인의 영혼에 은밀히 내재된 '진흙소'가 심심
(甚深)하게 표출된 결과일지도 모른다.

그런데 나는 그의 "오래된 꽃말들"이 흘러든 혹은 흘러
나오는 '깊은 곳'이 아직도 궁금하다. 부재와 결핍의 지속
적 응시와 성찰이 걸러낸 "마음 따라 불어가는 바람"의 정
처 없음, 다시 말해 자유의 지복은 축복되어 마땅하다. 시
인은 "더 나은 삶"의 필요충분조건으로 "아직 오지 않은
것들"(「더 나은 삶」)을 내세웠던가? 하지만 시인 앞에는
이미 "일제히 길을 열고 응답하는 길 밖의 길들"과 "어느

깊은 우주의 큰 발굽 소리"(「바다로 가는 진흙소」)가 현전
하는 상태이다.

　이런 상황이라면 "아직 오지 않은 것들" 역시 이미 완결
된 형식이다. 서사시적 세계의 현전은 상처와 상실의 "여
긴 내가 사랑하기에 어울리지 않는 곳"으로 부정케 하는
근원적 요소이다. "사랑 때문에/사랑을 버리는 일"(「위독
한 사랑의 찬가」), 이것은 통속적 사랑의 서글픈 사태일 뿐
만이 아니라, 천상과 지상, 이미 온 것과 아직 오지 않은
것, 약속을 지킨 '나'와 약속을 못 지킨 '너' 사이에도 벌어
지는 아뜩한 사태이다. 이런 연유로 아래의 시는 더욱 의
미심장하다.

　　화장으로 옛날을 조금 가린 여자, 결심한 듯 귀걸이를 매
　달 때마다 네온사인 불빛들이 혓바닥을 목에 감는다 비로소
　안전을 확인한 고양이처럼, 그러나 당연한 궤도를 지나가는
　행성처럼 스르르 문을 열고 빠져나가는 시간은 안팎이 잘려
　져 있다 혼자 남은 사람의 육체 위에 추적추적 물이 쏟아진
　다　　　　　　　　　　　　　　　—「집에 가는 길」 전문

　"집에 가는 길"은 언제나 행복하지만 또 언제나 처절하
다. 가족은 불편한 우군인 동시에 친밀한 적일 경우가 적
잖다. 그러므로 집에 바쳐지는 노래는 어쩌면 "위독한 사
랑의 찬가"(「위독한 사랑의 찬가」)일 수밖에 없다. 이런 위

험한 친밀성은 사회, 곧 인간관계의 솔직한 현실이기도 하다. 단지 '나'를 방호할 참호 안에 있는가 없는가의 차이에 따라 위험도가 달라질 뿐이다. 그러나 이 아이러닉한 현실에 걸려 있는 잘려진 '시간의 안팎'은 비극적이되 불행하지는 않다. 왜냐하면 이 불행한 시간이야말로 "저 높은 곳으로 나를 데려가/낮은 곳의 별들을 보여주"(「聖 삶」)는 삶의 형식이기 때문이다. 아마도 포월(匍越)의 방식으로 불행한 시간을 부단히 월경하는 자에게만이 '나'와 '별'이 한데 뒤섞이는 "지도에 없는 마을" = "깊은 곳"은 허락될 것이다.

「집에 가는 길」의 '여자'는 술 취해 팔루스를 사단 내고(「니들이 내 외로움을」) 아예 몸의 포용성과 생산성으로 그것의 폭력성과 파괴성을 조롱하는 거리의 여자들(「친절한 연애」「만다라다방」)과 교묘히 연동되어 있다. 물론 그녀들에 비해 '여자'의 이미지는 소극적이며 심지어 무력해 보인다. 하지만 이 멈칫거리는 듯한 '여자'의 묘사와 표출이 보다 근원적이며 현실주의적으로 느껴지는 이유는 무엇일까. 그것은 아마도 '여자'의 삶에 시인의 삶의 어떤 부분이 겹쳐 보이는 한편, 타자성에 대한 배려가 보다 직핍하게 스며 있기 때문일 것이다.

'여자'는 당연히 시인과 함께 오랫동안 거리를 질주할 것이고 "위독한 사랑의 찬가"를 끊임없이 부를 것이다. 이 뜨겁고도 차가운 거리의 삶이 종결되는 어느 날, "스스로

소리를 버리는 악기처럼 고요하고 투명한, 무늬"(「무늬」)
가 그들의 몸 밖에 찬란히 내걸릴 것이고 또 영혼의 내부
를 아름답게 흘러갈 것이다. 이런 곳에 '진정한 지옥'은 더
이상 존재하지 않는다. ▨